百部红色经典

# 红的日记

冯铿 著

北京联合出版公司
Beijing United Publishing Co.,Ltd.

图书在版编目（CIP）数据

红的日记 / 冯铿著. -- 北京：北京联合出版公司，2021.7
（百部红色经典）
ISBN 978-7-5596-5086-3

Ⅰ.①红… Ⅱ.①冯… Ⅲ.①中篇小说—小说集—中国—现代 ②短篇小说—小说集—中国—现代 Ⅳ.①I246.7

中国版本图书馆CIP数据核字(2021)第030784号

## 红的日记

作　　者：冯　铿
出 品 人：赵红仕
责任编辑：孙志文
封面设计：赵银翠

北京联合出版公司出版
（北京市西城区德外大街83号楼9层 100088）
北京新华先锋出版科技有限公司发行
涿州汇美亿浓印刷有限公司印刷　新华书店经销
字数157千字　787毫米×1092毫米　1/16　14印张
2021年7月第1版　2021年7月第1次印刷
ISBN 978-7-5596-5086-3
定价：49.00元

**版权所有，侵权必究**
未经许可，不得以任何方式复制或抄袭本书部分或全部内容
本书若有质量问题，请与本社图书销售中心联系调换。电话：（010）88876681-8026

# 出版前言

为庆祝中国共产党成立100周年，全面展现中国共产党成立以来中华民族辉煌的发展历程、取得的伟大成就和宝贵经验，集中体现中华民族的文化创造力和生命力，北京联合出版公司策划了"百部红色经典"系列丛书，希望以文学的形式唱响礼赞新中国、奋斗新时代的昂扬旋律。

本套丛书收录了近一百年来，描绘我国人民在中国共产党的领导下艰苦奋斗、开拓创新、改革开放的壮美画卷，充分展现我国社会全方位变革、反映社会现实和人民主体地位、弘扬社会主义核心价值观、讴歌中华民族伟大复兴中国梦的100部文学经典力作。

本套丛书汇集了知侠、梁晓声、老舍、李心田、李广田、王愿坚、马烽、赵树理、孙犁、冯志、杨朔、刘白羽、浩然、李劼人、高云览、邱勋、靳以、韩少功、周梅森、石钟山等近百位具有代表性的中国现当代著名作家。入选作品中，有国民革命时期探索革命道路的《革命的信仰》《中国向何处去》，有描写抗日战争的《铁道游击队》《敌后武工队》《风云初记》《苦菜花》，有描绘解放战争历史画卷的《红嫂》《走向胜利》《新儿女英雄续传》，有展现新中国建设历程的《三里湾》《沸腾的群山》《激情燃烧的岁月》，有寻找和重建民族文化自信的《奠基者》，也有改革开放后反映中国社会现状、探索中国道路的《中国制造》，同时还收录了展现革命英雄人物光辉事迹的《刘胡兰传》《焦裕禄》《雷锋日记》等。

本套丛书讲述了丰富多样的中国故事，塑造了一大批深入人心的中国形象，奏响了昂扬奋进的中国旋律。这些经历了时间检验的文学作品，在艺术表现形式、文学叙述方式和创作技巧等方面都具有开拓性和创造性，作品的质量、品位、风格、内涵等方面都具有很高的水准，都是有筋骨、有道德、有温度的优秀作品，很多作家的作品都曾荣获"五个一工程奖""茅盾文学奖""鲁迅文学奖""国家图书奖"等奖项。

为将该套丛书打造成为集思想性、艺术性、时代性为一体,展现新时代文学艺术发展新风貌的精品图书,北京联合出版公司成立了由出版界、文学艺术界的资深专家和学者组成的编辑委员会。他们从文学作品的历史价值、文学价值、学术价值、现实意义等维度对作品进行了深入细致的研读和筛选,吸收并借鉴了广大读者的意见与建议,对入选作品进行深入细致的分析与综合评定,努力将"百部红色经典"系列丛书打造成为政治性、思想性和艺术性和谐统一的优秀读物,向伟大的中国共产党成立100周年这一光荣的日子献礼!

# 目录

一个可怜的女子　//　001

月　下　//　004

从日午到夜午　//　007

默　思　//　010

风　雨　//　013

海　滨　//　016

开学日　//　019

夏夜的玫瑰　//　024

觉　悟　//　029

C女士日记　//　042

无着落的心　//　052

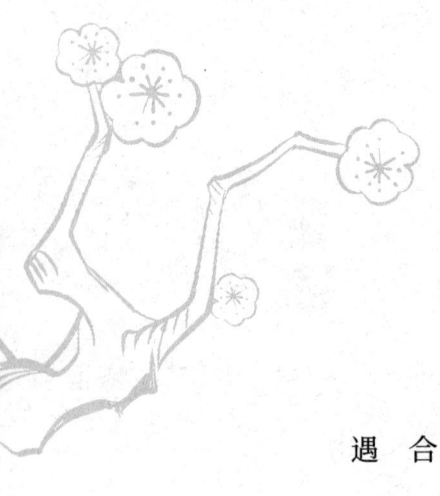

遇　合　// 067

乐园的幻灭　// 082

突　变　// 092

重新起来　// 106

小阿强　// 177

友人C君　// 184

贩卖婴儿的妇人　// 195

红的日记　// 202

# 一个可怜的女子[1]

猛烈的太阳，正高高挂在天上；射得四周的天空，连一些云霞都没有。人们在屋里摇着扇子，还怨道没有一点凉气呢！那田里的禾，被这太阳的光线射着，都低了头，弯了腰，表示它不能和这强权者宣战的模样！

这时田里站着一个十七八岁的女子，上面穿了领七空八洞的蓝布衫，下面穿一条百结的黑麻布短裤；面上布满了手甲的伤痕，和一块块的红肿；额上的皱纹积得有成十来层，不知的或者想她是几十岁的人呢！她脸上和手足，又好似戴上一层黑膜一般；这些都是她成十年来悲苦的成绩。她手里拿了一枝镰刀，曲着腰把成熟的禾稻一把把割下。通身的汗象菽米大一颗颗

---

[1] 本书收录的作品均为冯铿的代表作。其作品在字词使用和语言表达等方面均具有鲜明的时代特色。此次出版，根据作者早期版本进行编校，文字尽量保留原貌，编者基本不做更动。

流出来，透得衫子都湿了。一会，她觉得热不可耐，而且力竭神疲了。她举起头望着对面几株大树，绿叶满布，树下很是浓荫，二三只狗儿在那里打瞌睡；那夏蝉也在树上唱歌，表示它的得意。她看了这般情景，眼眶里的惯泪，不觉簌簌地滚下来！她咒诅太阳，她又怨恨她的身世，为什么连狗和蝉都不如呢？她一面拭泪，一面仍旧继续她的工作。但是身体终于忍不住，竟和她起了反抗了！脑痛得要裂，口渴得要烧，偏偏那树里的狗和蝉，和似乎透出来的凉翳，都好象引诱嘲笑她一般！她决然弃了工作，走到溪边，捧些水饮下。又到树荫里，脚儿一伸直，倒下去。觉得腰脊好似铁打般的酸痛，几乎动弹不得。她再也起不得身，就闭眼略躺一躺。

　　停了一会，扑的一声，她被打了一个耳光！她吓得跳起来看时：原来是她的婆婆站在面前。她觉得身体的温度，骤降低了几许，浑身打颤起来。还有她的小叔也站在一旁，她才知道婆婆命他在那里监督她的工作。那时婆婆把她的手一拉，狠命的牵向屋里去。

　　邻家的张婶站在门口，听见伊的惨呼声，不觉叹口气道："李婆又虐打媳妇了！贫家人无力养育女儿，宁可出世把她弄死，不要做人家养媳，活受这磨难。"说完很觉伤感。

　　太阳渐渐斜西了，她婆婆站在门口喊道："阿香还不回来炊饭么？"她连忙丢了田具，走向灶边去，婆婆口里还唠叨的发话道："平日天犹未黑，就赶快炊煮，快点充满你的烂肚。今天却和我斗气，要我们受饿。今晚偏不给你吃，看你待怎地？哼！你这烂骨头！自九岁到这里来，带累公公也死掉了，丈夫也日见不成材，赚的钱都在外边打混，却要我养你，这都是你命硬克伤所致！哼！我有朝总要把你……"

夜深了，小小的屋子里透出一线灯光。她独自一个坐在房里，右手一转一转纺着纱，泪痕布得满面都湿。可怜她自今天四点一骨碌起身，到此时——十一点——还没得休息，目前积下的头晕，肚痛，因上午受了一顿毒打，晚饭又不得吃，到了此时，忽然满眼金黄，不省人事，连人带椅都跌落地下！

明净的月儿高挂空中，伊的光亮从云中透过来，照得地平线上发出黑黯的色彩，仿佛现出凄凉景象来！这时她一步步悄走出屋外，到日间捧水吃的溪边坐下。原来她晕醒后，已经怀了死志！恍惚听着命运的神和她说道："你的痛苦已受够了。你丈夫既不成人，你父母又都死掉。世界上一切都不值得你的留恋了！死实在快乐……"

可怜她竟信了这话！只听得扑通一声，浪花四溅，她已离开人间的地狱，到天堂去了。月亮又在云里钻出来，但伊好似不忍见这惨剧，仍旧躲入云里。这样，大地又现出惨淡的旧观了！

明天她婆婆找不见她。忽然邻家的小童报道：香姑已死在溪里了！她婆婆也觉有点懊悔，说道："此后没人和我作工了。"

唉！当这女权伸张，人道盛倡的二十世纪，尚有此等怪剧出现，我们应该快谋救护的法子呵！

# 月　下

这时伊正坐在窗边桌上的灯下缝衣，右手一起一落动作的姿势，在墙上映出同样的黑影来。房里除掉这两种摆动外，什么东西都是静止着。

这房里陈设的器具，华丽而且簇新，假使无论谁第一次进去，他的嗅觉便有一种油漆气味。照我们的旧习惯上想去，就可知这房子的主人，是新近才结婚的了！

伊偶而抬起头，向窗外一望时：D字形的月亮，挂在深蓝色的天空，正和伊相对。伊的眼光，不期然而然的给她吸住了！手中的工作，骤然停止。一会，伊立起身来，收了缝衣的工具，把灯儿吹熄了。同时雪般白的月光，铺满桌上，和伊站着的部分，全身好似浸在清辉里。伊重新坐下，再抬头向她凝视：觉得她的光，不特照到伊的身，竟好似射入伊的心一般！伊回头斜向窗外看去，广寂的空庭，似泻满水银，几株夜合树枝叶的黑影，很明显的映在地上，真象一幅图画。伊忽然想起去年的月夜里，和姊妹们在自己家里庭中静坐默谈，或者携手踏月，饱尝她这温和皎洁的光亮。现今呢，月儿依旧，但是伊只好在房里凝望，不能到庭中畅意的玩赏了！伊想到这里，不觉把数月来的新环境，在脑里一幕幕的表演着。

"当伊才来这里廿余天的时候，伊偶到小姑房里一下，——离伊的房子只有数尺远——给婆婆知了，说伊：'不知礼节，做新媳妇便过家舍了。我们是世家大户，比不得……'伊听妯娌们和伊说：'嫁来这里，要到老时讨媳妇了，才能行到门外和庭中去！……'因此伊只好和蛰伏着的昆虫一般，除三餐吃饭的地方，和早晚到家婆尊长处问安外，终日只有密坐在房里缝衣，连说话的人都没有。而且一举一动，都要学成泥人，说话高声些，走路行速些，粉抹得不白，花带得不多，人家就批评伊：'轻佻，没规矩，不配做大家媳妇。'吃饭要站着不敢坐，对人要装出卑污的礼节……凡此种种，伊只有气不过时暗自流泪罢了！又有一次，伊穿了白鞋，给婆婆看见了，气得发昏章第十一[1]！把伊大骂特骂，说这是恨她——婆婆——咒她速死的表征……不要这样的媳妇了，要送回母家去！……后来受了调停，才算平息了。伊真不解：色彩不过是和太阳光线的吸收反射各有不同罢了，穿白鞋就致这样天大的罪状吗？可怜伊薄弱的心灵，怎经起这样的播动呢？伊现在的生活，是和奴隶，囚犯，木偶……一样的！丈夫呢，是个纨袴子，将来也没甚希望。现在只来数月，已受了许多

---

[1] 发昏章第十一：神志不清，发昏。此处是一种仿古书章节划分的戏谑语。

恐惧，羞愤，悲哀——后来的日子正长着呢，如何忍受……"

伊这时心儿好似千万根绳索勒住一般，伊哭了！眼泪断续的流出了。任月亮怎样的可爱，伊却低下头，伏在案上，两肩上下的耸动着。

"自杀吧！人生已没有乐趣和留恋了！"伊哭了很久，再这样想着。"但是怎舍得时时在念的母亲，唉！母亲呵！你是爱我的，但这种环境，是你使我蹈入的呀！……"

十四，六，一。

## 从日午到夜午

是夏天的一个中午时候。她手里拿着一个不很大的筴袋，里面放着数本教科书，和一些铅笔、手巾等东西；右手握着一柄伞儿；站在门槛，举目看这满地炎阳，眉头不由嘱咐的紧皱，眼睫也微微地合拢起来！

她握着伞儿，一步步象探险般行去。脸上给太阳光的线射到，真似行近火炉边一般！脚儿蹈在地上，却象炙在传热很强的红铁上一般！扑面的风儿不但不感到凉快，而且正象一百度的水蒸气一般温热，含着一股令人皮肤起不快感的怪气！她想："这风儿真似社会上那卑恭、谀腴的脸色一般难受！"延长的马路，在她眼前伸展着，虽然望去似乎很难到尽头，但在不知不觉的进行间，看两旁的电杆，却一枝一枝的过去了！"人生的历程，正是这个象征呀！"她心里这样想后，口里微吁了口气。举目望路上的行人时，因为太阳的光线太光芒的缘故，他们的面孔上,都紧张着,和露出困苦的形神。而且任他平日是如何苍白的人,这时脸孔都象染了胭脂一般!再看那奔驰的车夫时,在他那赭黑的背上,汗珠映着日光,起了闪烁……!"人生究竟是为受苦而来吗?"她怀疑自己重复问着!

太阳已斜向西方去了,一度的显现,又是消灭,紧紧的躲在天末的浓云里,可是,它犹卖弄它的神通,把最后的薄弱的光射发出来。这时她充满劳倦,低着头沿归途行去。看地上倒映的影儿,狭长得似一条直线,比自己身体的高度,几乎在"一与三之比",随着她行路的姿势摆动着。"人生哪一件是真的呢?连自己的影儿都有变幻呵……!痛苦!又何必以为痛苦呢?看做快乐便是快乐了!……"她心里的思潮,跟着脚步儿一步一步的推想着。忽然一辆汽车,托地奔来,放出山鬼一样的叫声,把她的沉思震打了!慌忙举起头来,行向路边;眼光偶而斜去时,见车里几个男女的笑容,风驰云涌的过去了。她仰头一望,小鸟象撒粟一般多,在空中四面飞翔。"鸟儿呀!你们只要低下头,那么,树林,电线,何处不是你的归宿?只是茫茫的人海,那些小舟般飘泊的人们,正不知岸地在哪里呢?"

入室,一阵药香扑鼻。母亲问她热么?会不快么?又怨她怎不静养多两天,便悄悄地去了?说完,忙把扇儿轻轻地扇着她,左手伸到她的额上,把微汗拭去。她呆默然坐在母亲身边,早间所受的一切痛苦,都化作轻烟飞去了!她想:"人生虽是苦恼,没意义,但是有这伟大、沉绵的'爱'做代价,便是怡乐、明秘的了！"

　　晚上，母亲嘱她早睡，不要用神！她只得强闪眼睛，睡床上。可是街上嚣杂异常！小贩的叫卖声，大人乘凉的谈话声，孩子顽耍的笑声，跳动声，……扰得她平静的心潮阵阵波涌起来！她想："这时如果在柔波万顷的海边，繁星满天，和爱友携手密谈，看远处隐约的山峰，和海上数点明灭不定的渔灯，静听海潮卷来的潮音，是多么怡乐！……这时如果月明天清，在丛林清溪围绕的小屋楼中，倚在母亲的身旁，静看天上水中的月亮，远望绿波在月光里荡漾的禾秧，嗅着清风送来的不知名的花香，是多么陶醉？！……"她想得出神时，闭着眼睛，恍如身处其境！忽然一阵孩童的呼吼声，把她惊觉。一睁眼见漆黑的卧室中，由窗外透进一些对面邻居的灯光来。她翻一翻身，又是重复的想着："人生的要素固然是'爱'，但却也离不掉'自然'，'自然'不用名山，大川，嘉木，奇卉，只要在幽静的乡村，有小小的清溪，山峰，花香，鸟语，赏不尽的皎月，明星，看不尽的自然变化……便很满足了。只可恨这样的环境，竟连这小小的要求都不能达到……！"

　　这时，夜幕已很深沉，约有十二点钟了。她索然坐起来，到栏杆去，下望街上悄然，人们已沉醉在睡梦中了。午夜的凉风，阵阵吹来。她怅然，爽然，仰望着深沉的天空，群星闪烁，回想早间的烦杂，有如隔世！

十四，八，二十

# 默 思

在一间不很大的房子里的靠窗的案上,她两手扶着头,皱着眉,很出神的看着一本书。

这时她忽然把两手松下来,身躯移动了一下,望一望窗外的天空,呼了口气,伸一伸懒腰,就势站了起来,在室中打了几个转。略一踌躇,穿上了鞋子,出门去了。

她是一个性情奇傲,鄙视一切,与众不同的人,虽然在表情上观察,有时她是有说有笑的人,但她内心的沉默,却谁也不能测度到。可是她却不是现在流行着的青年烦闷者。她以为世间的一切,只可用客观探索着;我自有我高洁的心。世间甚么事值得使我纯超的心悲哀呢?……她是一个中学生,普通学科都有学习;但是她却特喜文学,她的希望是:受完中等教育以后,稍有自立的能力,到乡间去教几个幼童,或者做她所会做的工作,同时沉醉于"自然"和"文学";不要人知,也不知人。"宇宙间甚么能令人神化呢?""只有自然和文学。"这是她胸中自己时常的问答。这种抱负,自然在一般人心目中,要说她是消极……!但是她却不要人家的了解。她的努力,有谁能得知道?她镇日处在这繁嚣污浊的都市里,过她机械式的刻板生活!下课时只有埋首在她那四面都是书本的小房里的书案上,或者仰望着天际不可捉摸的白云——她凝思时唯一的良友。

今天是一个星期日。她在上午便温习功课,看书,一直到这时——下午六点。她除和小侄说几句孩童话之外,成天里几乎未开过口。这时。她觉得有些困倦,想到外边去散步一下。

她背着手缓缓地踱着,到了马路。车马游龙,行人似鲫,一幕幕趣奇的现象,和繁嚣的轮声,步声,在她眼前耳中涌过,波动。她讨厌极了!想回家去,骤然心里勾起一件事来!低着头沉思,两只脚儿不知不觉的只管向前走去。等到她觉得自己是出来散步时,急忙把心里的思潮抑下,转身行向她尝独自徘徊的旷野海滨来。

太阳露着微笑的容光和地上作别,映在平静的海面上,闪起淡薄的金花,不住的颤动,跳跃。天边的云霞,一抹都是黄金的色彩,可是已没有夏天那般的鲜红了。"呵!秋深了,地上的小野花呀!你还是这般得意招展。你崇高的快乐精神呀!……"当一阵凉风吹来,带着些清爽的秋意时,她自己这般说着。

她在近海的草地上打圈儿行着,脚儿踏着柔滑如茵的小草,眼光接触着那美妙的海山,心里觉爽适了一些。她想:在这种地方虽有略可接近的自然,可是一回头又是三面的崇楼马路包围着!想象在理想的乡村中,卧在豆棚瓜架之下,静读些心里爱读的天然化的诗,配着远处岩石间流泉的微妙的音韵,嗅着轻风送来的瓜豆的花香;倦了时,闭上眼睛,做些自然的好梦,任那清风把花和叶吹落在身畔……这是何等神化的,何等幽清的生活呢?……她这时又联想起她乡村里的好友,一抬头见蝴蝶式的纸鸢,在天空里翱翔。"风呀!你把我的衣袖吹得飘飘起舞,能否使我驾着空中的纸鸢飞到我的朋友那里呢?!"

秋天是比较短促的,太阳已和人们告别了。那一种秋天的黄昏情景,使她愈加有味的徘徊。半圆的月亮在暮色苍茫中,露出她的脸儿来!

等到她觉得是包围在夜幕里时,她才凝视了月亮一下,踏着月光回家,到门口时,她看见小侄儿在栏杆边灯光下,伸着头望她;同时一跳一跳的喊声:"姑姑!"

十四,十,六。

# 风　雨

　　她手里拿着一本书，坐在椅上看得出神，头儿不知不觉的俯得离看的书只有寸许远，似乎要钻入书里去一般！在她这半沉醉的神经里，微感得手中的书好似渐渐披上一层灰色的幕，字形有些模糊，但是她只是眼睛一上一下的阅着。

　　"蔼姊！快些出来看呀……！"

　　和她隔着房子住的同学蕴立在栏杆边喊她。

　　这里高急的声浪，把沉寂的空间震破了：她猛然的把书丢落案上，立起身匆促的向外走时，瞥见窗间似一幅黑布遮住着，外面的天空山峰都不见了！

　　"尔看……！"

　　"怎么便变得如此了……！"她惊异的说。仰头看时，浓墨的云把天空罩得没一丝间隙；耀目的电光，一闪闪在云里透出长蛇般的光明来。四望环境里的一切色彩，都好象给黑色陶化了！

"这样惨淡凶沉的宇宙呵！渺小的我，深一层的了解尔了。"她默视一会后，带着庄严的神气说。

"怎么老是爱说这样幽渺的话儿呢？"蕴望着她说。

"天下哪一种事不是幽渺呢？只要在幽渺中寻求幽渺，那便是真理了！……"

她刚要续说下去时，骤然一阵狂风呼啸的来了！接着很大滴雨点，也沙沙的降下了！蕴偏着头，踱进房去，她却依旧站着，看雨点滴到地上的土砖，很似一朵朵的圆花，一瞬间却干得没痕迹了；可是雨儿继续下着，这土砖也终于湿透了，看自己时，身上也有数点的水湿，她仰起头来，见风雨织成的空中，鸟儿象投梭般纵横飞着，黑云渐渐散开，空中只是灰色的迷蒙着；浩漫的海水，本来象界线画就般很修整的分出青红等色，现在却变成一个个的白浪花，漂浮在一片赤色的海中了。她默默的对着一切，和谛听这滴热的声，呼吼狂啸的风声杂着海涛声，好象感悟出什么事理一般，微微的笑了！

"又是这样幽渺的笑了！"蕴站在她房里的窗窥她，头儿倚在窗间笑着说。

她为了风猛，便入室去了，依旧坐在案前那只椅上，两手编成枕儿般靠在椅背，头儿枕在上面，眼睛默默的注视壁上挂的一幅歌德的像。

很久之后，她忽的站起身来！就壁间取下雨伞，走落楼下，立门外一看：一片光明，黑云已消灭得没踪没迹了，但是风雨却依然狂猛的吹着下着，她略一踌躇，便打着伞去了。出街口，路上没个行人，只一二架人力车，很迅速的奔驰而去。青黄的落叶,在泥水中铺满地上;她一步步踏着它,无目的地幽灵般慢慢行去,雨儿一点点的淋她满身,狂风竟在后面吹着推她!她想:"这时能够乘风吹到心里所要到的地方,是多么愉乐……!?"她又觉得这时心里清明,空洞……一切似乎没丝毫遗留,伞外吹来的一阵阵雨珠,扑到面上,起一种凉快的感觉。

  回来,她静悄悄的推开房门,挟了水湿的衣服,坐在椅上,眼光偶而射向墙边时,见斜倚着的雨伞,雨水一点点的滴到地上,注成一片!

## 海 滨

这是一个清和的秋天早晨：

她日来不知怎样，一下课便跑往海滨去，独自一个的只是向海波，远山，白云，……徘徊着出神。"姑姑！和我一齐去——去海滨，我这时也没功课呢。"今天却巧早二堂没有课，她刚跨出校门时，她的小侄在后面飞跑来，两只手儿抱住她的手，跳跃着央求她。她笑着点一点头。他忙又喊了两个小朋友，互相携着手儿一同去。

她牵着小侄，安闲的向海滨行去，可是活泼的他们，总是跳跃着，欢呼着，不时的把小脚踢着地上的石子砂砾，看它在地上飞驰的玩耍着。这样牵动得她的手臂时时摇动着。

"姑姑！看……捉呀……瑞！在这里，捉！快点呀……"她正呆立在沙渚上对着那象罩着轻纱的远山出神，小侄却东跑西跳的捉着小蟹。她回头来看他那忙碌异常的情形，不觉笑了一声。

弯下身子看时，沙渚上满布着一粒粒的细沙做成的小珠，又有很多小洞，洞里的螃蟹出没其中。

"好玩么，姑姑！上几天我和瑞来这里，捉了两玻璃瓶的蟹儿呢。"小侄蹲在很多小洞的地方，等着蟹儿出来时捉它，抬起头来，头发刚拂着她的面颊。"倒也很有趣。"她也蹲下去在小侄身旁，无意识的把瓦片抹平了很多沙珠。"怎么愈等愈不出来呢？"她有些烦躁的说。"天下事哪一件不是如此呢？就如……"她心里这样想着。"呵！一只……"他象发见了宝藏一般，忙把小手把它按住；它见来头不对，要跑回它的洞里时，但已是在人家的掌中了！"唉……"她象有感触的叹了一口气。他握着它在手里，没有地方可放，便把它藏在衣袋里。

"瑞和芬呢？往哪里去？""我叫他们四处找蟹去呢？唔，就在那里不是瑞吗？"他弯转身把手指着说。她回头一望时，他们各人都蹲在一个地方，很留心的捉蟹，她顺势站起身来，行了几个圈儿，坐在海滨的石上。

秋天的太阳好似温柔的姑娘一般，照着这个大地。海水一阵阵徐徐地卷来，澄碧柔媚，发出一种微妙的涛音。朝着太阳的那一面海上，象点着万盏银灯，远望似成了一个银光颤动的湖；又似万朵活妙光明的花儿，在眼前跳舞。她不觉神化了，仿佛是全身浸在海里！

"姑姑！你平日一人来时，也是这样的一人坐着对海吗？"不知在什么时候，侄儿已站在她的身旁，睁着神秘的眼睛问她。"呵……"她不觉悠然的涌上了说不出的感觉来。

她引着他们，沿海滨跑向对面的草地去。他们不曾来过这地方，都带着神秘的新感觉。"呵！你伟大的孩子呀！我怎配做你们的引导者呢？"她很惭愧的想着；同时不觉的退了几步。

"哦！你看洸的袋里，怎么走出蟹儿来？"芬惊异的说。"哈哈！"他们都笑了。"你们的呢？捉有几多？"洸把它握在手里间。"没有东西可装，捉后都放它回洞里了。""横竖拿回家里也不是久存的，我们以后勿捉它罢，就在沙渚上和它玩就行了。""那么，这一只我放了它了。"洸说。"不知它会泅么？抛向水里去罢！"瑞说。"呵！完了，看不见了？"蟹儿在水里一挣动着，便沉下去了。这时她只跟他们行着，默察着他们的言谈动作。

这是如何的有诗意的环境呵！这景物，这秋情，这孩子……她心里欣赏着，赞美着；同时他们也正高兴地在草地上唱歌舞蹈……

# 开学日

"今天便是开学了。"她在床里醒来：睁开眼翻了一翻身，对床头放着的两本创作集和一枝干了的水仙花儿在凝视，同时心里便涌上了一阵思潮："光阴过得真快，月余的假期便结束去了；可是我还恨它不再跑快些过去，一个人在世界上就是一幕幕的演着人生的剧本。尝试这些游戏时，倒也有神秘的奇趣……不知日后的剧情是怎么样？这时如果能够赶快的表演着，尝尝些新奇的游戏多么好？真的，日后要演的情节何以不可在现在先编完？但是不好的，已经明白了时，不是失了神秘性吗……？呵！怎么又联想向渺茫上去了？"她自己很不满意的从一种思想里逃出时，眼光也由床头的东西移到帐外桌上那整齐不曾移动过的课本上去，同时脑里想说的话，又是冲动起来。"唉！又要和它们接近了！……这个寒假的生活真迷惘了，但是也很快乐……可怜这月余来堆在桌上的它们，只有给尘埃一层层覆着，里面的什么定理，原则，在我脑里也象罩着灰尘般模糊，虽然有时也想拿它来温习一下；但是，唉！那有如许心情……？自然的，要用心这种学理，何不去背着手独行海滨更……？可是，自己也知道自己近来是太于狂放了！没料理到一些做人应该做的事，没想到一些……呵！上日雪君问我近来生活有什进境？我答她：'老友，别来毫无善状；只是跑路和飘放的思想却大有进步。'这真是近来生活的特征……读书，开学了，唉！这层压迫！……不知道新来的教员和同学是怎样，可以增加我观察一切的资料么？那个上学期初来的新教员讲书时的形神……"她脑里幻现了那幅景象，但又联想到他种什么上去了。

"姑姑，醒了么？你不是个好学生了。今天开学，你这时还不起身！"侄儿把制服都穿好了，在门外静站了一会，轻轻地推开房门，伸着头儿入来。

"你说什么呢？我要起身了，你入来罢！"她把思潮收拾了，伸了一个懒腰。

"姑姑！起来罢！"侄儿倚在她床前，把小手和她拨去了披在额上和脸间的乱发。

"怎么？你这时才起身吗？七点六十分呀！快些！"她的一个比较相知的同学蓉君踏进房里来，邀她同去学校。"昨天小弟很早在门口站着时，看见你侧着头行向草地去。怎么今天开学倒睡得晏了？昨晚上又是看书了不会睡吧？！"

她刚在漱口，蓉君就在床沿上坐着。

"你老是起身后不把被儿叠好，让我和你做罢。"

"不用呀！任它凌乱着才有趣，何必弄得呆呆板板的整叠着？"她说得太快了，漱出来的水喷一些在地板上。

"你总是这样的性格！"蓉君有意无意的拿起了床头的一本书在看。

她俩都沉默着，她蹙着眉慢慢的一下下只顾刷着齿，忘记另换了清洁的水儿。

"蓉姑，你也要往学校去么？"侄儿跑进来拉着蓉君的手。

"是的，你看这个好学生，打扮得齐齐整整了。"蓉君放下书，摸着他的头发。

"不知道这学期的生活又是怎样？蓉！你看去年这时开学的情景还在眼前一般，想起来真有趣。你我的一切，却变更了许多了！……你以为日子过得快好还是缓好？"

"那自然是缓好。谁都这样想的。"

"正是人人这样想，所以我觉得自然是快的好！"

"姑姑，快点呢！不要尽谈罢。你们说的我又听不懂。"侄儿和她拿出在柜里的制服来，披在她的身上，当她梳洗好了时。

"我真的要读书吗？还是不要了罢。但是……"她把新的课本买了，拿在手里掀阅着。"理智总要压迫着我的……你们呀！何苦呢……"

"如何？这期的课本很难么？我们都换新的，连上期没读完的也换了。"一个同学拍着她的肩说。

她没意识的说："也许都是那样罢。"

"明姊，你来了！假期内我寄了一封信和贺年片给你，收到么？"又一个同学手里拿着一大堆东西，笑着脸问她后，便匆匆跑过了。

"唔！收……"

"书买好了罢？下午才上课呢。往海滨去吧！"蓉君和两个同学挽了她的手儿行去。

她们经过休息所，她看见很多的同学都兴高采烈：有的对着面深谈，有的手舞足蹈在打台球。几个新来学生却静坐在桌边；里面一个约有十六七岁的姑娘，似乎一向不曾入过学校，坐在和她同来的母亲（？）的身旁，怕人看又好看人地周围辐射她的眼光。路上晤到的同学，都三三两两的手拉着手，跑来碰去，买书，找坐位，觅课室……音乐室里同学们嘹亮的歌声和琴音，一阵阵地透入她耳膜。她低着眼叹了口气！

"假期在家里做什么事？书总读得很好罢！"同学萱君这样问她。"我觉得你比从前更其沉默了！……近来发见了什么玄理呀？"

"什么玄理！连正当的问题都弄不清楚呢！……自己想起也奇怪，不知这四十天的生活怎样消耗了。读书呢，现在是你们的了。我好似……"

"我便知道她：在假期里她真没用功，镇天象失去一件什么般麻乱着！"蓉君笑着说。

"唉！海波仍是这样颤动，我的思潮却变更了许多了！……对着这些人，只有滑稽和无聊！还是它——海——会把我沉醉在它的密谈笑貌里。"她一个人站着在对海水出神。

她们都回校去了，她抬转头儿时：只有蓉君远远站在她侧的沙渚上，叉着手，斜着头在注视她。

"什么？看得这样出神！"

"呵！这瞬动的海波，这幽咽的涛音，尤其是配着这个呆立不动衣发飘扬的幽默的你，真是一幅诗意画。"蓉君渐渐的行近她身旁。

"呵，我沉醉着海，你却沉醉着环境，不知道海又沉醉着什么？"

"又是坐在这只椅上了……"在午间的一点钟，她给一阵铃声震醒了。夹着头，低着头，又是跑进那间课室去。坐落在从前那只椅儿上，抬起眼：那杂着灰白斑的黑板，又滞板的摆在眼前。

室内外嘈杂的人声，繁杂而迅速的鞋声，很不规则的播入她的耳膜。她只茫然的呆望那块黑板！

"这时虽然生活是讨厌，但是将来呢？怕不……？！"她注视着那个新教员的一只拿着铅笔画点名簿的微颤的手儿时，耳朵里似乎微感觉有一个飘颤的声音喊着她的名姓。

十五，三，十八夜。

## 夏夜的玫瑰

春是归去了，住不惯我们这个灰色枯燥的人间，她终于又是归去了！虽然多情的春神，在明岁的开始，又会含着微笑，披着灿烂的衣裳来抚慰我们；可是现在呵！现在只有她那临别时的一丝残痕，深刊在诗人的脑里，印在回忆的脸上。人类呢？一般的人类呢？却好似踏入成人境界的孩童，从前一切的一切，只是模糊了，变更了；反而漠然不动，当他（她）们是偶而浮现了一些浅薄的回忆时。

"人间是这么深沉闷郁了！"那更其同情于我们的月姊，露着她那一勾淡淡的眉儿，显着惊疑的脸色，和她那渐次出现的星儿们说。她仰转过头儿来看时，夏的神正露浓艳的笑脸向她，两个笑靥儿真象酒一般的迷醉，桃花一般的娇红欲滴。我们雪般纯洁的月姊，却把脸儿遮藏在白云里去了。

真的，这个人间已是绿叶成荫了。灿烂明媚的花儿，只有青的果实在枝头上了。白昼里夏的神把火红的脸儿，助着太阳烘热。夜里深蓝的天空，衬着电一般闪烁的星儿。充满我们人类的心里的，只有热烈烦躁，火一般的志气，那柔媚沉醉的花一般的心情，却轻烟般消失去了。可怜的我，虽然心里被火一般的热情激荡着，但是，却从哪里去反抗呢？白天呢？除掉在大路上——蚁儿在热锅盖上一般——跑来跑去和蒙着满身重汗，对着书本在喊着哭丧的声音之外，便是闷恹恹地躲在蒸笼似的床里。倒是晚间，背着手凝视那深沉的绿荫，徘徊在繁枝密叶的大树下，望望醉人的红霞。仰视灿烂繁星，默思一两件深沉的心意，幻忆些明媚的花儿，却也得到了一些儿的安适。

可是，那些令我不敢正视的一般男女们，一对对三三两两的在我周围包绕。两眼巨蛇的汽车，铃声震耳的人力车，卖凉食的小贩……在我面前背后奔驰。这个有时使我载了一身厌恨归来。索性紧闭了窗儿，在灯下痴望着白热的灯光，对面的镜子里，烘出我额上的汗珠，在作微弱的闪烁。

是一个月夜：外面的清光，引逗我携了小侄到街上去。又是那些电灯的光亮，人气的嚣杂。我仰起头来望望月儿时，只似一个白亮的圆形。低下头，地上都铺满了黄的灯光和人影……我低了头疾忙回来，到一块新发见的寂静的地方徘徊。月亮是再恢复她的清明了，她的光，照到一家的粉墙上，雪白得可怜；她的光，照在地上，路旁的小草儿，象盖着雪白被窝，安睡在母亲的怀里一般；她的光，射到我的心湖上，荡起了沉潜清明的光波……我无抵抗地沉醉了。"月明如水浸瑶阶"。一回头，活泼的侄儿的小影，静寂地映在那片墙上。他象受了什么的潜化一般，呆望着月儿，一些儿不动地在念出他那赞美的诗来。这静穆的心情，这温柔的沉醉，我幻想着如在万花灿烂的园中。

自己就是月亮，把清明的光紧吻着一朵朵轻颦红晕的笑涡儿上……又象在万绿丛中。我的光从树隙里映射在那对林中歌舞的女儿的雪白衣裳上……

"姑姑！来抱我起来看里面是什么花儿……！""花儿……"我清醒的行去，在那片粉墙侧面的墙儿，中央镶着数块方形的绿花窗。绿的叶儿几片是从它那花纹的隙处里伸出墙外来。侄儿的两只手攀住它，耸着身子在求援。"怕是人家的庭院吧？……"我行近来先把两手托着他的身，他便一耸站在那窗上了。我定睛看时，原是人家小小的院子，方形的周围怕没有四十步宽，接着便是一座小小的洋式屋子，院里种着的花儿剩了绿叶，月光下觉得很是沉幽清雅。小盆里数朵白的茉莉花，隐约中一阵阵的香气透入鼻里。"却也很清幽！""姑姑！看那株绿叶底下是一朵花儿……"我连忙张着我的眼睛。"在哪里？……呵，现在还有这样的一朵可爱的玫瑰花儿……？"我真欣幸极了，在光明的月色下，找寻到梦幻里的花儿……"现在还有这么好看的花儿，我们天天都来看吧，姑姑！"

以后，我俩晚饭一吃饱了，行人稀少时，便呆站在窗外欣赏它。侄儿也象受了爱美和好奇心的引诱，很耐性的等到夜深了才同我回家。在这明月下，我们难晤到的这朵娇艳的花儿，真的，谁也都会发生爱感和欣慰的吧。

一晚，我俩正在窗外痴望着时，侄儿和我说："姑姑，我们想个法子把它偷摘下来给蔼姑看好么？"真的，我那时恰巧心里正在念着蔼，恨她不能够同来欣赏呢。"不好，这是他人的，等她来时叫来一同看就好了。"可怜小小的孩子，便有想偷人家东西的念头！但谁叫我们便没有呢？"万绿丛中一点红"。他忽的高喊了一句"不要高声！"可怜我俩这数晚是常常来的，给主人知道了时，怕会疑我们是不正当，或者竟以为是痴狂。"阿五！门儿要关呀，要留心！"果然的，厅上的电灯一亮，一个妇人抱着水烟筒走出院里来，在叶隙里睁着眼看我俩。"是要怎地？"这句话儿，象在她口里就要滚出来一般。我心里一阵跳，慌忙抱着侄儿下来，走回家里不住的喘息。侄儿却莫名其妙的，只叫："姑姑，什么呢？"

隔天我把这事告诉蔼，她笑着说我胆怯心痴。"你胆大的就和我一同去！看那妇人的那副表情！"我又闷又恨的答她。

"姑姑，月亮要出来了，去看我俩爱惜的花儿罢。"不解事的侄儿挽着我的手。"不去了。"我很自暴自弃的说。"为什么？姑姑，你不是说等它谢了我们还要去看它吗？""它的主人不许我们看呢，不去了。""不会吧，我们又不是要偷折她的。我……"他望着我的脸色不好，便咽住不说了，挽了母亲出去乘凉了。在白热的灯光下，我一个闷坐着，在想我那花儿，又想着我那朋友。

"怎么只是闷坐在灯下，这么热的天气？两晚来又不到外间散步去了……马路上多么凉……日夜看书，怕不弄成瞎眼了……"

母亲蹙着眉这么说时,使我愈加想着那花儿,愈加痛恨一切!

"姑姑,今晚一定要去看那花儿了……你在想什么?那花儿在念你呢……真热呀!出去罢!"今晚的我好似很听他的要求了!其实我也再忍不住了,我站起身来就牵他一同出门。

在路上我幻想那朵花儿一定开得很灿烂了,瓣儿上的娇红,怕会浅淡了去……它知道我为它兴起了多少思潮,增加了几多愁闷么?

又是先扶侄儿站了上去,在暗淡的星光下,我忙低了头,睁着眼看时,绿叶掩映中,我们的花儿似没在了!我定神细看时,那株玫瑰树只有一条枝儿托着一个枯○,还附着数片颓败的干○儿。"花儿是谢去了……"我那两只挟侄儿的手一松,正在伐望的他,险些要跌下来。我心里横遮上一阵迷茫和惆怅,只呆视着那残了的○儿。"姑姑!那花儿呢?"仿佛侄儿在向我这么说……

十五,七,廿五夜灯下。

## 觉　悟

模糊里周身觉得凉凉地，耳边簌簌的又似一阵阵细碎的脚步声，……她由半感觉里翻了翻身，全意识渐渐苏醒起来，手和足好似掉在冷水里。勉强的睁开眼睛，帐儿象波浪般飘荡，涨得饱满地又低垂下去。侧着耳朵听时，滴搭搭的是狂急的雨声……

起身来走到案前，一阵凉风挟着雨珠劈面吹来；她不觉两手握着拳，无抵抗的打了个寒噤。

"呵！都湿透了……"她慌忙关上了窗，拿起午睡前未完成的一本残稿在手里，紫色的墨水字湿透得象天上一朵朵的彩霞般，很多很多是看不清楚了。"不要了它罢，横竖这时意思也连串不下了。"她随手把来丢在案下的字纸篓里，心里随着起了一阵微微的惋惜。

"哧"的一声，她又打了个冷噱。抬起头，她象觉悟般忙在衣架上拿下件外衣披了。"不要又着寒，病了又累着母亲蹙眉皱额；自己也懒了。以后勿午睡更好……"

她自己除了每天两三点钟机械的工作之外，便独坐房里，没朋友来找她，她也没朋友可找——没和她同调的朋友可找。不是蹙着眉头默坐，便是闭眼躺在床上；不是低吟静看着书，便是执笔乱写。虽然这是无聊，但她却时常感得自己所认为比较有聊的就是这个。

她把案旁的微湿的书本挪开，又拭干了案上的水湿。外面的风雨来得真狂猛，她把脸凑近关上了的玻璃窗，又见白茫茫地一片蒙蒙无际，那株树干扶着青黄的枝叶在左右乱摆，就似一个醉了的人在跳舞。远远地一个人撑着伞儿撩起裤脚渐渐地跑到窗下，又过去了，颤动的背影在迷蒙里消失。"如其母亲不在家，这时去这风雨里乱跑多么好！……上次雨中海边的情景……"她的心情隐隐地回复到凄清，寥阔……的追忆上去。

窗下门外一阵的雨点滴到紧张着的东西上的音波，接着是一阵敲门声。"明君在家吗？……"仿佛是这一句；底下的给雨声嘈乱了。

"谁？"她听不清是谁的声音。

"真君来找你呢。"一阵楼梯声响着，出她不意地见妹妹引着月余来没见面没讯息的真君上楼来。

"衣裙都湿透了，好，你觉得有趣吗？"她很欣喜地迎她入房里。

真君全身就象在池里捞起一般，额上的短发流着一条条的雨水到她绯红的两颊，两只掩在乱发下的眼睛，灼灼地只顾盯住她。从前活泼天真，一见面就张着笑脸高谈大笑的真君，今天象变了一副脸嘴。

"赶二次车来的吗？换一换干衣裳罢！"她心里起了一阵的疑惑，知道真君必是带了一桩什么不快的事同来。从前同学时，给谁怄了气的真君，便独自一个坐在校园里的树下发呆；等到自己看破了时，又是有笑有说，跳跳嚷嚷了。

"换它做什么？……其实你也不能替人类换了环境的……"真君的话说得有些玄虚了。接着她睁着眼睛吐了一口纡徐的气，把手指很吃力的敲着坐下的椅子。"你知道么？我们害死一个人呢！但也好说是救脱了一个人的灵魂。……今天在路上我学了你，心里沉思了很多事理，雨滴到……"

"知道什么呢？你这个人何时变了那么不爽直，害了什么又救了什么？白直的说明罢。"她皱着眉发问了。

"我特地告了一天假来告诉你的，你想：淑如大前天晚上自杀了呢！死在她家附近那条溪里！去年我俩……"

"什么？死了么！她……她不在 G 女校读书吗？"她心里微微地起了阵战栗，一幅黑暗的房子，惨淡枯瘦的淑如的印象，立地在她脑里闪了一下……

淑如是真君的堂姊，也是明和真君的幼年同学。明在八岁时，跟着外祖母在她（淑如）的 C 乡的半似学校半似私塾里念书，一直到十岁那年，仍回到 A 市的家里，便进了这地的小学校。真君的父亲是个受过高等教育的乡下人，也送女儿来 A 市读书，恰巧便和明同进一所学校。她俩一直同学到前年中学完了业。顶不幸的就是淑如了！她只有个寡母亲和已出了师的做金工的哥哥。自然地，她也照着一般乡村里姑娘的样，长大了，在家里缝衣裳，唱弹词，和女伴们谈天斗精巧的针线儿玩。但她还好看小说，所以《三国演义》之类的书，也时常发现于她的床头和做活计的筐里。一封普通的"妆次，闺安"的信也会写了。自然呀，环境把她们三个人的思想志趣都改换了。自回Ａ市后，明已经没把她放在心上了。虽然从前三个人是行坐难分的好朋友。只有时会向在假期回家来校后的真君问一句"你淑姊近来好么？"的套语而已。此外或者是多一句带笑的"近来粉搽得到什么程度了？"一类的话。真呢，除较长期的假日在家，偶而和她晤到，回答她几句Ａ市女人怎样装束，打扮之外，有时也劝劝她同来读书，和她讲究一些事理。她只有笑着没说什么；或者竟是这么的回答着真："你以为读书好么？乡里的人在背地骂你呢！其实大了的女子读书也容易惹事。……久了，真弄得不象样，……象某家的某女儿，便是一个好例……"她也很羡慕着象弹词里的才女一般读书；不过她就不喜欢这些似真君们的女学生。自然真也就不大和她亲近了。

四年以前，淑如是十八岁了，倒生得模样好，性格儿柔淑，又一手好针线。两三个侄儿，她帮着嫂嫂抚养得来，助着母亲也把家计理得井井有条。愧的一个姨母，只有一个儿子在南洋营商，和她差不多的年纪，家里也很有几个钱。姨母平日就很爱惜她。假如伊的媳妇会象她一般，第一问题她便不须千好万好的央求私塾里的教员和她每十数天记一次出入帐——记得不清不楚的帐；还赔了不少的钱粮和年节的食物。所以这年的夏天，她俩老姊妹便是亲家了,只预着在明年冬季,叫儿子由南洋回来完婚。

姨母更加爱惜她了,隔数天便一次的叫小婢由数里远的邻乡带上些新巧的吃用东西给她。

姨母家有的是钱,外甥也勤谨会做商业,又是给自己的姊妹做媳妇;她母亲心里真满足,暗里羡赞女儿的福气比自己好的多。她呢?她自己没觉得有什么不满意;总有不满意的地方,也没权利可给发表。

隔年,她是十九岁了,她成天的心里只是衣服要怎样做才会精致,绣枕上的花儿要怎样做才会美丽,……到冬天,她一切的妆奁都预备好了。几个女伴都接来家里居住,她们镇日里羡赞她的福份,又和她打趣儿。把她的将家的情调混散了。有时只觉得心里有一些未曾尝到的心绪,呆呆地暗弹着泪。

是十一月十六(日)了,只差八天便是结婚之期了。表兄因为商业不得脱身。姨母催了几次信后,才决定在十九日便由南洋抵家。

事情可全糟了!就是在十九晚上:她和女伴们正在房里吃晚餐,母亲却在厅上和几个婶姆嫂嫂们收拾她的妆奁,箱角里都放着好意儿的东西,衣裳都钉着红绿线儿。孩子们在庭中厅上赶热闹,嚷着跳着。她拿着碗儿,慢慢地很费力的吃着。

"还不快些吃,多几天才装斯文吧,现在还不是新娘呀!"一个女伴笑着说她。

"可不是,我们又不是你婆家的老婶,老妗,老姨,老……"第二个没说完已掌不住放声笑了。"……其实你要站着待人家吃了才吃，到那时也饿得慌，怕装不得斯文了……"

她们都笑了一阵，她无言地悄然滚下一滴泪珠在碗里饭上，放下著不吃了。

"不要听她的鬼话，他家里只一个亲姨母的婆婆，人又不多，没困难。"另一个安慰着她。"快吃吧！等下子你母亲又要忙着另煮东西给你吃了，何苦累她老人，她这两天真忙煞了！"

她勉强的重拿起碗箸呆思。

忽然一阵惨呼声陡起在厅上："我的淑儿呀！你怎么这样苦……！"她们都唬了一大跳！只见她嫂嫂慌张跑入房里来说："姑娘！表叔在船里死了呢！尸身都给洋人丢下海里！他家的张妈这时来……"

砰的一声，她手里的碗箸跌碎落地上，她也从椅上晕倒了。

自然的，受了旧礼教的包围，和自己看过了一些贞节忠孝（？）的弹词的被称为大家女子的她，守节便是她应该有的责任了。如其日后能够名留青史，或给人家建筑上节烈坊。那末，做人的荣誉便不外如此。

母亲因为她年纪轻，姨母家又没个可慰伴的人，所以要等多六年后——她廿五岁时，才给她回夫家去。同时也要姨母买个男孩子来给她抚养承嗣。自然姨母是答应了，还马上拨了数千元的现款给她在母家费用。

她足足哭了几十天，没吃过一次和平时那么丰满的餐饭。后来她发誓：不穿艳丽的衣服，不戴花，不搽粉，做几件孝服穿了，一切备嫁东西，她也发誓不拿出来，只是锁着了。她要求母亲给她一间房子，她一个人和姨母处送来的小婢住着。她不出房门一步，吃饭睡觉都是在这个房里。

她所过的生活都不是一个人所过的生活了！她决意为了那个略识面貌的名义上的丈夫牺牲一切了。

去年的暑期，明又到外祖母家去，时时地和真君在乡村里漫游，每个山边水旁林际……都去过。而真君家附近那一条清溪，溪沿种着几株梧桐和龙眼树的地方，尤其是她俩整天流连着的所在。

"唉！你看我们这三个自小就相识的人中，淑姊的命运便这么判决定了！究竟有什么意思……"真君把钓竿抛了，跑近来坐在梧桐下，向着在默思的明这样说；接着把短裤一撩起，坐在明对面的石头上。

"其实你我应该想个法子把她觉悟才是……看着她快陷入无底的深坑去还不解救，尚谈其他么？"明皱着眉头在叹息。

"她一向就和我们谈不下的，何况现在。你也知道吧，她那个房子都不愿意谁进去，除非是她母亲……不过，昨天菲妹和我说：她近来也看起新小说来呢。她母亲见她镇天都流眼泪，躺在床上，变尽方法使备准心[1]。上次和我借了几本书——诗小说等——给她。放下了月余她才翻阅着，谁知一看就有兴了，又把书后面那些广告里的目录写了下来，叫她哥哥到 A 市买去。现在日夜都阅着呢，她母亲欢喜得什么似的，天天跑来问我书目。"

---

[1] 使备准心：可理解为"让她开心"。

"她看得懂吗？"

"字是识得的吧，也不过看个大意，阅些故事儿玩罢了。"

"不怕她往后不会了解她该怎样做人了……去！和你一同找她去，我几年没有见她了，六年前来外祖母家时晤她一次而已。……"明忙站起来要行。

"不知她愿意见你不愿呢？平日和她要好的女伴她都拒绝呢。"真君也站起来在踌躇。

真君的家离淑如家只有十余步，她俩来到她的房前了。房门上是挂着一幅竹帘，明在外面张看时，见隐约的她躺在床上，手里拿着一本书，在一枝放在床前小椅上的菜油灯下——模糊的灯光里看着。

一阵油秽和似潮湿的气体滚到她俩的鼻里，当她俩叫一声淑姊后，掀开帘子进去时；同时一幅幽黯朦黑的世界，在她俩面上伸展着。那朵不用罩的豆油灯光，给掀帘时震荡着的空气吹得左右乱晃了几下之后，又是悠然地继续着吐它的微光了。

六年不见的淑如，今日在明的眼里真变得可怕了——其实只将一年前的淑如，和今日的已象两个人了。眼眶和两颊都深陷得可容纳初生婴儿的拳头，枯黄的脸上是一层皮遮着骨骼，那副凄厉羞涩的表情，和呆定笔直的眼光在向着她凝视。……配着这个空间，明的心里跳跃得利害，眼前就似误入地狱那一般可怕！似乎没有再见外面那清明美妙的天一般！……

出人不意的淑如竟向她俩表示一丝欢迎的样子，给让在案前两只椅上坐下了。明不住的把眼光向上辐射，好似要避去目前这可怕的现象！她见案旁壁上的紧闭着的木窗儿的铁栓子都上锈了。她想：怕自淑来住在这个房子后，这窗儿就永不曾有过开着的日子了。

"我现在不是一个人了！……想不到这三个人中，就是……象你们才有希望，有幸福……"淑如坐在床沿上低着头，那流惯的眼泪又乘机出发了；把枯瘦如柴的手背拭了又拭。"我现在就不相信天地生我来给一切所坑害……"她抽咽得更其利害了。

还是孩子性的真君，只有陪着她落泪。就是顷间胸有成竹的明，也给失败了计划了。只呆呆地睁着那朵灯光，心里就似站在万头攒动的群众上面。

她的啜泣和灯心时而爆炸的音波在凄黑里颤动。

在去年夏间，真君和明第一次在那房里晤见她后，明便写了一封信给她：劝她应该做个真正的人；劝她把从前的观念行为改变了……又劝她最好是先谋个自立的才好。临回 A 市时，她又和着真君到她房里去晤谈一次。

她俩开学后不断的寄着杂志书报给她，又写了很多的信给她，她也回答了她俩。

那年秋末，真君的菲妹在家里寄给真君的信内里一段道：

"……淑姊近来真变了——怕是外面内心都变了，她房里那两面窗门都打开了，晚上只关了一面。白天里她再没点上那盏菜油灯了——那盏使我恐怕的灯。我放学时常到她房里去谈。有时她叫我拿些她做的文章给我校里的先生改，叫我不要和先生说是她做的。但他初次问我是谁做的时，我一时想不出，就胡诌说是我自己做的。先生笑着说我诳他，说我才十四岁的孩子断没做这样凄清的文字。幸而以后他便不再问了。你想我的先生多么聪明，他一看就知不是我做的。……我又忘记了告你：她近来很常出那房门了，半夜里又好一个人走去站在溪边。那晚上小哥哥和父亲去朋友家里吃酒回来，已是十点多钟了，我早已睡了觉，他从溪边过时，见一个人站在那里，唬得他连忙躲在父亲背后说有鬼。但父亲说那是淑姊。这个你不要问她，连她母亲都不知道呢，想是不给人知道的。十五那一晚上，小翠和华去溪边悄悄的想钓鱼时，也见她在溪边石上，在月光下看书……。"

她信里还附着说：

"淑姊近日的脸孔照着太阳会发红晕，颊上的两个小穴也渐渐平复了。她案上的瓶总爱插着将枯了的秋柳，和白的野菊花儿……"

淑如的母亲渐有些疑惧她的举动；但以为她是自寻开心，倒也欢喜，不过有时就劝她应宁静一点。

今年的春天，淑如是 G 女师的学生了。

真君去年寒假回家后，和她筹划了许多计策，她开始和母亲提出要到 A 市读书的问题了。

这个，在她母亲好似平地起了一个霹雳！她剪发，绝食……

来要求母亲。但伊终没有答应。伊的意思是：到外面读书去的寡妇，简直便和失了节操一般不名誉，如其给人家知道时。而且又因为："淑儿如果贞静的安心守节呢，她要什么我都愿意给她，我死后家财便交给她了。她定要到外面读书去时，那么，我家也不愿意有这样的媳妇了，任她自由吧。……可见年青人总没静心的……"姨母的这些话——尤其使母亲感得好似雪亮亮的银子在面前快要飞去一般恐慌的话，伊死也不愿意女儿读书。

淑如私把姨母给她的一部分现资——不消说一部分是给母亲拿去代为收管着——放在一口小布袋里，又带了几本平日心爱的书，和真君在梧桐树下的溪边下船，向A市进发了。晓天的残星在朦胧的碧空里闪烁，引起她脑里那从前认做终身的归宿的黑房子和那盏菜油灯，在映现着；同时她只对着那条摘下的梧桐枯枝在叹几口气。

得到真君和明的介绍和保证，G女校的校长再把他的疑惧的眼光重新打量了淑如一番，才点头答应她入学。"两位女士都同是学界人，而且曾闻过，自然是万分信任的。不过，现在学界里也发生许多……这位又没父兄家长的印信，所以要谨慎一点……哈哈！……"

"人类是不能互相了解着心里的纯真的……和他坦白的说明了还疑惑，没父兄家长统辖着自己就不能入学？！……"淑如第一步走入社会时，便觉得人类真非易与。

淑如来校里三个月余了，机械般的功课使她感到乏味，孤凄的生活使她沦入悲观，……同学呢，起初大家也颇有说有笑；后来她们渐渐有些疑惑她了。由校长处传出来的消息，知她是个来历可疑——私逃来校的寡妇，于是"寡妇"，"私逃者"，"弃妇"，……种种的头衔，时常给带笑的声音喊出来在她的左右前后。她们渐渐地疏冷鄙弃她，有时还一群群象小雀儿般故意发出那使她会听见的刻薄的讥议来。

她渐渐觉悟到社会上的一切了，人类的一切了！她觉得廿余年来所受的母亲的爱还不是高洁的；何况这些毫没关系的同学，人类？

她放学后便拿着课外的书本到校园里一块僻静的树下静看着，又把些尝来的事理慢慢沉思。好几次吃饭的铃声她都听不到，但她没吃饭有时也不觉饿。

她的心情时常起了一种无名的烦躁，忧闷，快要膨胀般却没可发泄！

真君脸孔一紧张，同时也打了个冷噤。"上月就回家去了，还没放暑假以前她死得就真奇！又不知究竟何以要跑回家去？我那里离她校是很远的，一个月前我连寄二次信去，都不见她的答复。你也有信叫我述她的近状给你，我便跑到她校里去。房号说：她回家去十余天了，倒把我唬一大跳。怕是她母亲赶来迫她回去罢？但随后菲妹来信说是她自己回去的，她母亲始终不知她是入那个学校呢。虽然伊自己跑来Ａ市找了两次……"

"这又是怎么呢？她不是说从此断不再回去吗？难道母亲还会欢迎她？在家住了几久？"

窗外的雨声更急了，嘈杂里，真君提高着嗓子说话：

"就是不知道她要回去的理由？在家住了十多天呢，又象从前一般一句话都不和人说，书也不看了，关上窗门，白天里仍旧点上那盏灯躺在床上闭着眼——这是菲妹打探得的。她母亲虽恨她，但还是望她回心；亦望姨母收回那不承认她做媳妇的成命……"

"她死的时候有说什么？"明在竭力想找寻出一些证据。

"有的，那晚上饭后她忽携住她母亲的手凝视着她，一会便去睡了。天明时她的尸身却浮在我俩最爱去的梧桐溪上。在她的案上写着几个很端正的大字在纸上道：'我已彻底的觉悟了！'前天我特地回家去看她时，谁知入门她母亲正倒在棺木边痛哭呢！唉！……我把她的几本书检查着，里面她乱写着许多'人生''为什么'这几个同样的字在书上；还打了许多个'？'号在页里。"

风雨很凶急地狂泻狂吹，她俩中间都沉默了一会。

"可惜我们就比不上她了，不能够自己理解出彻底的觉悟来！……"明忽地站起来很吃力的拍着真君的肩……

十五，九，十四午汕头。

# C女士日记

## 六月二十日（晴）

"唉！这随波飘荡，憔悴了的萍儿般的我的生活呵！……"提起笔来，我不觉得这样地写在这册日记上面。

今天心头总是闷塞不快，连呼吸都几乎转不过来！

在门前闲望，绿衣人来了，得到M的一封来信。他说我近来对他的态度好象冷淡了；说等了一个月还没有接到我的去信；……唉！近来的我穷得不堪，连四分邮票都成问题哩，写明片[1]又说不痛快，所以索性不寄了！

---

[1] 明片：明信片。

但是，对他的态度自己也真感到有些冷淡，这给社会震簸得飘荡流离日趋沦落的心情，真再也鼓不起象过去那样般的热情来呵！

夜，失眠！

## 六月廿三日（晴）

近来食欲不振，夜里又失眠，神经更是整天昏乱！此身真象初秋败叶，怎禁摧残？

今天决计把从C女士处借来的五块洋钱找西医诊视去。回来的时候，袋里只有几只角子在锵锵作响了。

下午，敏忽然走来找我，他是刚从H港放暑假回来的。他邀我一同去外面用餐。

还帐的时候，一卷大而腐烂的钞票从他袋里不经意地掏出来。那时，我的心里又不客气的起了可耻的念头了！唉……

我没有应他坐汽车兜风的要求便回来了。今晚又失眠，在床上看Y氏新出版的小说到两点多钟。

## 六月廿五日（晴）

敏真不客气了，这个时候是晚上十点多钟，他在东美旅社叫侍者来请我去坐谈。"抽屉里的香烟只剩五支了，皮鞋也快要穿洞，还有医生说不得不继续吃下去的药水呢！……"踌躇了一会，我决意披上旗袍上门外的车子了。天哪！……

## 六月廿六日（微雨）

昨晚到一点多钟才由旅社回来。路上午夜的凉风一阵阵的在薄醉的我的心头上回环，愁然地忆起过去，想及后顾茫茫的生活来！

敏还算是老实人，象毫没其他目的般只和我谈些东东西西，我可猜不出他的心情呢！难道他别无野心的只想继续我们的友谊？

在那里喝了几盅酒，昨宵又一直辗转到了天亮！

下午潇潇地下起雨来，我刚倚栏低吟着小词，菲便来了。某乡要聘小学教员，可为介绍，问我要不要？

想起那整天身体精神两方都没有余闲，而过的又冷酷不堪的待遇和讨厌的接触时，我真没有勇气再干这样的职业了！不过，唉！还没有回断她。这样赋闲下去是很危险的哟！恶魔正在前面伸着巨爪哩！在现在，你要找适当的职业是等于找求梦里青花，你不是投机，堕落做肉的享乐者便是穷迫以终，虽然你不断地奋斗着！

## 六月廿八日（雨）

整天的狂雨真把我脆弱的心儿滴得破碎不堪啊！

昏茫里我坠入虚无渺茫的境地中，想着种种自杀的方法；但有时又兴奋起来，想忍着头皮多碰几下！……

## 六月廿九日（雨）

下午敏又来了，送了我许多装饰品之类，和……唉，我真不愿写下来！

这分明是在侮辱我啊！难道那种词色是真的为友谊上帮助我？但我终于腼颜把它装进钱袋里去了！他的态度真有些不对了！

"哼！你瞧着罢！究竟是谁上谁的当！？……"我心里只这样代自己辩护着。

但自己之所以要和他接近，不也是希望有这样的一天吗？

这个社会如果不根本推翻，那末，最奇妙不过的，无如所谓人这动物玩着的把戏了。

在敏面前总是想到M。他，无论怎样分析都是个配我爱上的男人呵！偏偏他给社会所遗弃而不得不走到远隔千里的乡村去谋生活！

晚上写信给他。

## 七月一日（晴）

昨夜在床上反复，雨声中忽然忆起两年前和 M 在细雨潇潇 M 的夜市的旅馆中之一幕来！唉，那时我们两颗全未染到尘埃的纯洁的心儿的颤动！……

我们那时明明是毫无苟且的拥抱着对泣了一个整宵。社会呵，家庭呵，便毫不迟疑地把我们遗弃了！为的只是他和我是名义上的表叔叔和侄女儿。

我再想到那可怜而可恨的消息不通的老母身上去！

昨夜就这样地一直失眠到天亮。

今早太阳一出，便把炎热带来了。

"怎样生活下去呢？怎样生活下去呢？！……"我对着朝阳只不住地感到茫然！

## 七月三日（晴）

G 来信叫我搬去 K 村的一座楼房里居住。"借此养养病，和讨厌的 X 市脱离吧！"

我也想借此脱去了敏的渐入危机的进攻。

## 七月五日

早上辞别了她们，带了两个提篮来趁车。

绿的田野一片片在眼前飞过，屏山，苍黛的隐约在白云间……呼吸了几口自然的空气后，胸头不禁清爽许多。

一个小农村在眼底飞过了！"呃！那小桥，桥旁的几株杨柳和一带粉墙真象故乡的影子！"没来由的，我几于在车里淌下泪来！近来真过于伤感了，怕是病的缘故啦！

G在站上等我，一同到她家里吃了午饭。她说那座小楼是她一个学生的哥哥活时住的，他死后便没人住过了。下午我们便向那里去了，离G的家门还不上百余步。

开了生锈的锁，踏进门来，两旁的野草几乎把小径埋没了！野蔓里却长着一朵猩红的小玫瑰！

我安置在楼上的一间东向的房子里，窗儿正面着一片荒凉。

萧然的怅惘围上身来，G去后我倒在床上沉寂了许久不动。

## 七月七日（晴）

蒙眬中给鸟声嘈醒来时，强烈的阳光已射满室里，把夜来幽凉哀感的情调都扫除净尽了。"袋里现在尽有二三十元的钞票，还是借这个清幽的小楼来用功一下，休养一下吧！难道前途真地便黑漆了吗？奋发呀，奋发！"白热的阳光象给我剂兴奋药，这恬静清幽的境地把我的纯真重新从心头涌上来了。

此时是繁星闪烁的晚上了，早间那种心情也消散得如烟如梦！

唉！颓废，颓废！……让自己这样的消沉下去吗？前面是高高的战垒，要努力也是徒然哩！……

## 七月八日（晴）

在日记里我还没有提及这里的风景呀！就是这样：小楼位置在K村的西南部。西面是一带由疏林望去，不高不低的蔚蓝山峰；东面由栏上望去，却是一片苍黄的稻田，直接到隐约不见的邻村。园里一株不知名的老树刚在窗下的石梯旁边，整天把白色的落花缤散在石级上，窗棂上……我独自一个地整天东瞧西探。一会儿静站在幽凉的石级上，让花瓣散满肩际，头上；一会儿脱去鞋子，在草地打滚，倦了时便躺下去静听柿树上悠闲的蝉声；一会儿又凭栏远望，瞧那稻田波间，露着上半身慢慢走路的行人；一会儿抽竹心；一会儿把杂草连根拔起，又重新把它种下去；一会儿在龙眼树下高诵心爱的诗歌；一会儿凝视悠悠的碧落和纤徐的白云做着种种幻想……把苦闷的心身都混过去了！

"能够这样幽花般和心爱的他一同生活下去是多么幸福呵！"心里虽尽是这样幻想着，但时代不同了，横在眼前的是什么样的一个社会呢？

## 七月十日（晴）

在这小楼里一切的生活都是自己劳作的，真是与世无争的生活呵！弄饭是没有一定的时候，懒得动手时，宁可按着肚皮挨一餐！不过今天我却煮了四次东西了，为的还不是无聊？

淘了米，生了火，把锅儿搁上炉子时，红炎的炭火朵朵上升。至此象得了个归宿，以后便是坐待其熟了。一般女性和男性的结合，我想也是这样。

饭沸了，一颗颗的米粒跟着沸起的水泡跃起来又沉下去的景象，时时把我注视得呆了。

带来的几册破书都翻看无遗了。下午在 G 那边搬来许多新出版的文艺书籍。


## 七月十三日（晴）

在这里几乎忘记是身处三伏炎炎的酷暑下哩！整天都有凉宛的南风吹来。午睡醒来，躺在栏上的竹眠椅上，薰风挟了远近树梢头的蝉声吹来，在似睡似醒的景况中，真使人软软洋洋地，连动弹都不想呢！

下午刚伏在栏杆上远望时，G 和由 X 市到来的菲推门进来。我懒得启口招呼她们，静看着她们四面找我的情景，不觉笑出声来！

菲瞧了这小楼便吐着舌头说我胆子大，说她无论如何也不敢在这里独过一个晚上！"有幸福有希望的人才会胆小的；在我，胆小又待怎样呢？"数年来飘泊无依的结果，把自己昔日那娇怯、浅薄的心情完全抛弃去了。

晚上，我恰巧独自一个的捧着小锅子牛肉粥，坐在草地上用餐时，菲忽然偕着个小白脸的青年又从 G 处到这里来。经菲的介绍，说是她的堂兄弟，曾经在上海念过书，爱好文艺的青年。他劈头给我的坏印象是那条从西装里掏出来碧色花丝巾，和那急遽地摸出"陈青如"的名片而鞠躬呈来的神情！语调是模仿着青年们流行的俗腔，什么村居是很诗化的；什么人生是太无意义了；什么……但他那灵活的眼睛和颊上女人般的红晕，正表示着他是个未入社会的有的是钱和青春的美少年，不知不觉我的心头便印上可爱的他了！唉，天哪！我何以会变成如此的滑稽呢？

## 七月廿五日（晴）

我此时又在明灯灿烂，车马游龙的闹市的午夜了！唉！我简直莫名自己心境的变迁，更会如此其速哩！昨宵，就是那样的一个昨宵，好几次勉力矜持着的双唇竟和他的接成一片了！……他，陈青如！

我在这几天是怎样的警惕着自己，勉励着自己呵！但终于是……我还爱我的 M，我还要找求光明的前路，我如何能够沦落、消沉下去呢……？

　　我早间在他的腕里挣扎出来了，我下了决心，明天乘小轮船到 T 地去帮 H 的忙，在她那里想不至于连饭都得不到吃的，只要刻苦。

　　可是，他会跟踪找到这里来吗？天哪！见了他时我又将怎样……？……

十八年夏故作——岭南 A 村中。

## 无着落的心

　　她喘着气，听着自己心房卜卜跳动地把两只跑了三几里路酸得麻木了的腿儿，一步步很费力的把整个困弱得就要躺下去的身体，再由二层楼搬运到三层楼上去的时候，她那张大着的口和鼻子里，忽然饱吸了一阵马桶所特有的很浓烈的臭味；接着那展开在眼前的长栏上，却陈列着一个个的盖子半开着的红木马桶，差不多每个房间门口都放着一个。

　　她呼吸急促地没奈何把两条腿增加了速率，跑过了几个马桶后，向差不多临中央的十六号房子里进去了。

　　推开了房门一看，里面空虚得一点声息也没有的，照例同宿的那三个同学是都出街去了。她走到自己的床位，便连忙把上半身横躺下去，手里拿着的一包东西也散掉床上。

　　茫然地让呼吸逐渐平息下去之后，把身子转侧了一下，不觉这样自语着：

"真累死了，又象去年病后般衰弱呢！……"

勉强站起来，她把困得两脚热痛的破皮鞋除下，换上了残旧而把来当拖鞋用的白陈嘉庚鞋，就势把身子运到桌子旁边的椅子上去。

一阵三月杪的春风刚由桶前掠向窗子里吹来，她眼望着那微起波纹的帐子，茫然地四顾落漠的情绪，突地袭上心头，她冷静地感到伤感的意味了。

"哝！"她再感到那可爱的苍白瘦脸的他，已不在自己眼前了，眼前有的是萧索凄清的空间。

栏前再送来了一阵轻风，风过处寂静得如同墟墓一般的空间，她只听着自己那贫血的心房的节奏的跳动！突然心头几阵酸溜溜地莫名的眼泪，又浮荡在她的眼眶里了！

"不，不伤感的。"她铁似的心里这样坚决着，站起身来跑出去了。循那长栏一直走去，她想到那同乡的同学房里谈谈。她们是两姊妹，大的和爱人看马戏去了，她在路上晤到的小的一定在房里吧。

她匆匆地跑到那里，看见房门紧紧地闭着，窗子也关着。她好奇地伏下耳朵在门子的锁孔里静听时，里面是一些衣服磨擦的声息。她想小的一定是洗身着呢。但她那自己带来的浴盆却依然安放在门口。"是睡午觉的啦，小的哪一天不午睡？"她不想惊扰她了。"自己连睡午觉的福气都没有呢，这样寂静的。……怎么白天总不能入梦呢？越静躺在床上，越是心头虚跳得呼吸急促地急闷着。……哝！……"她呆站在同乡的门前，不想回去又不愿进去的茫然着。

她把懒散的眼光，投射在楼栏尽处下面的一片郊野了。郊野上青得可以染指的麦苗，正微微地翻着碧波，还点缀着那黄的油菜花儿，她生长岭南所不曾看过的。柳絮也飘飘荡荡地在她眼前飞来，沾着她的胸前。"是菜花黄柳絮飞"的时候了。她忽然忆起不知什么作者的两句新诗来。渐渐地把眼光远望了去，到后来把它着落在苍茫无际的天末上。她陷在深沉的迷醉里了，但又渐渐地恢复了意识，伤感地觉到那个可爱的苍白瘦脸的他是不在身旁了。……她再把意识完全恢复，转身在房门上敲了几下。

"哪一个？"小的在里面象突然给惊醒转来般喊着。她恨自己真太多事了，找着那谈不下去的小的做什么呢？自己为消除无聊，却搅扰了她的春梦。她刚想转身回去的时候，小的已把房门开着了，露着一个红红的脸孔和迷醉的眼睛出来。

"对不住，你刚睡着吗？……"她从门隙里看到一只穿着暗红色洋裤和黑皮鞋的男人的脚，连忙退缩了几步。"真对不住，不要扰你的好梦了，下次再来谈吧！"

"我以为是哪一个呢，……不进来谈谈吗？……"小的慌张着吐出这样的话。但她已赶快的跑开了。

"呵，没怪她不出街呢！一男一女的在里面谈情。……他们真会享乐！……"她不觉替他俩的谈情描想出种种方式来，而眼前是一个个的红木马桶。

到了自己的门口了，她不想进去的又循着长栏走到那会诵几首吴梅村诗的 C 的房子。C 是四川人，她无聊的时候常常跑来叫 C 谈峨眉山的风景的。

她扑了一个空，C 的房门锁着了。她无精打采地再走回去。

她看着每个房门都挂着各式不同的西洋锁和放着一个同样的红木马桶，她想她们都出去了呢，没怪娘姨把每天洗净一次的马桶摆成这一行列。马桶的臭味尽在蒸发着，她不得不走回房里来！

房里仍是布满着伤感的情调。她呆坐了一会，把床上早间带回来的那包东西珍重地打开来。

她未打开之先就预感着里面是好吃的糖果了，是她临别时他暗暗地由抽屉中拿出来送给她的。果然里面装着一个红透了的苹果，几块巧克力糖，一盒十支庄的双喜牌香烟，四只鸡卵，还有……还有两枝可以拿在手里吃的连着小圆木杆的红色和橙色的杆头糖。……她把这些一件件都孩子似的玩赏着，每件都细细地嗅着，拿起来又放下去的摸按着，陈列在桌子上。最后她两只手握着那两枝糖，沉陷在回忆中了。

元宵节那一天，她和他在故乡勉强凑集了些最后的少数的银子，飘泊到这黄浦滩上来。想把生活转变一下地，她来G大学读些书，他想在上海靠文字为生地过着著作生涯的。只不上两三天，他便病倒了。几天之后他好了，她又连接地病倒在两人租来暂时维持居住的亭子间里了。

他和她这两副给现社会制造出来的衰弱的身体，由岭南跑到这北国来后，单薄的棉衣抵不住刀似的寒风，便感冒了，风寒了。她一连卧在行军床的被窝里过了几天，热渐渐退去了，但口里又淡又苦的难过着。客中不比在家，要一点酸梅陈皮之类的东西吃是没有的。她不住的对着那奔走于煮饭泡开水的他说着思家的话来。

"眉，有好东西给你吃呢！不怕口淡了吧？"一天他由外面买了药回来，手里还晃着那连着一枝小圆木杆的橙色的糖给她看。

她接过来，孩子似的含着它，向他笑着说好吃："我们 X 市不见有这样好看的糖果呢！你在哪里买来的？……"她由口里把它拿出来握在手里玩赏着。

"我的孩子，看你这样大人了，还贪吃呢！……这里要什么更漂亮好吃的东西都有着呢，等你好了的时候，我再买些来给你。……"他吻着她的笑脸，把握在她手里的糖果塞到她的口里。

"你也尝尝吧，甜里还有橙子的酸味呢！"她再由口里拿出来，送到他的唇上。

"不，我不想吃。你自己多吃点吧！我看你这样欢喜地吃着，真可爱极了！……眉，你瞧，这里还有一枝呢！"她看他从那包着两只鸡卵的纸袋里，再抽出一枝红色的同样的糖果来。

"呵，你买了两枝吗？……好，这一枝你一定要吃！……"她更其欢笑起来。

"不，还是留给你等一刻吃的好。吃完了那一枝就吃这一枝好吗？眉，快点吃吧，不要尽握在手里看着的。……"他再在她病弱的脸上吻着。她也忘记自己是在寒雨霏微的客中卧病着，也把平日积在心头的过去和未来的种种悲哀烦闷一时忘记了。

…………

有什么法子呢？带来的少数的钱，缴了学费和超乎预算的杂费之后，便罄无所有了。投稿碰了不少的壁后，他的靠创作过活的迷梦也醒转过来了。为了要得每月少数的工资来维持两人间暂时的生活，他不得不忍心送她到举目无侣的学校宿舍来，自己却撑着病弱的身躯在忙着整天做讨厌的工作。还幸而是碰到了有天大的机会呢，不然俩的生活途上又不知要如何流离转移呢！……

那可爱的苍白的瘦脸没在自己眼前、身旁了。……包围着自己的是怆凉的寂寥的氛围气。她两手尽是握着那两枝糖果，蒙湿的眼睛尽呆注着它，心头更酸溜溜地又是伤感起来了。……

"呃，……不要想这些！"她略微兴奋地跳将起来，把手里的糖果放下了，却从纸盒里抽出一支香烟来。

燃上了它，她慢慢地让烟烟一缕缕的从口和鼻喷出来后，忽地感觉身子有点冷然，胸口闷塞着，脑子也有点昏眩地，这是她每逢隔了些时没有吸烟而第一次吸下去所有的现象。但她仍很满足地再吃力的吸了一口，眼光随着游移飘散的烟丝飘去，终于着落在案上那架影片上去。

架上嵌着他和她的两个分开的上半身相，上面题着"青春"两个楷书。俩的圆满的脸上都表现着青春期所特有的幸福的微笑——象丝毫也没有梦想到此时此刻的伤感的微笑。这是俩在九年前中学生时代所拍的照了，她注视着它，眼光再移射到它旁边的两只鸡卵上去，手里的香烟已燃去两三分长的灰烬了，但她并没顾到。

——他屡次买给我的东西都含有意思的啦。我在校里每天吃着最低级的包饭，他是知道的，他买叉烧肉给我，鸡卵给我，……不是想给我吸收点滋养品吗？唉，真是每餐不见肉味呢！……但是这于病弱的身体，可有什么补益呢？就使健康了起来，也抵不住社会的压榨啦！……倒是他啦，可怜的他为我要每月不劳而获的白开销了他的工值的几分之几。看他桌子上的那瓶Palatal[1]，尽是剩余着小半瓶，不让它空。他还怕以为我不知他的苦心呢。唉，这个圆脸和现在他的苍白的瘦脸！……她不能抑住伤感的爆发的眼里，忽然滚下一滴眼泪来，恰掉在包着糖的花纸上面。

心头不住酸溜溜地，泪珠竟接二连三地滚下，脑筋有些胀痛，也感到夹着两指之间快要烧烬的香烟，她有些清醒地又重重的下了一个决心，把香烟的有足够半寸长的灰烬敲去了，这样的自语着："不，不要尽伤感了。真懦怯呢！自己的心情都不能克服吗？……"她伸直了一下身子，猛吸了几口烟，站起来把残烟抛向窗外去。眼送着它那红红的一点火星向下面降落去之后，又茫然地坐下来。

她年来薄弱的伤感情调，跟着她的衰弱的神经，成平行线的展开着了！从前铁般的热感渐渐销熔成沉着的愁闷和烦恼了！她想："这脆弱的心情完全是生理所赐与的啦。"

她把桌上带来的东西都一件件收贮在一只旧饼干箱里，坚决地从桌子上抽出一册课本和英汉字典来，掀开了它，想读下去，但忽而她又转了念头了。

——呃，我真不该再埋头于这些讨厌的可憎可恨的课本上了。自己既然觉悟到这些书本都是替压迫自己者增高和改革他们的地

---

[1] Palatal：当时一种强身滋补的药品名。

位和思想而产生出来的智识，自己何苦还想多迷恋它这两三个月呢！……她自入学以来，环境把她对所谓高等教育的贪欲完全醒觉过来了。她在校里所得来的刺激，除掉对那专以造就贵族阶级为目的的学校，那班灌输着害自己的学识的教员们，和那些每早上捧着厚厚的洋装课本，坐在富有弹性的自用黄包车上，一面预备功课，一面让身子舒坦地给喘着气的车夫拖到学校来上课的同学们的憎恨和厌恶之外，只有在上落课时拥挤于群众之中，看男同学的漂亮的西服和光滑的头发，女同学的一堆堆给裹在艳丽单薄的旗袍子里所突出来的肉感丰富高耸着的臀部的摆动，所感到的滑稽材料了。她痛悔这一次失败的计划，她对中国现有的教育根本灰心，她更苦闷着自己不劳而获的白白消费了那苍白的瘦脸的他的劳苦得来的工值的几分之几！

——应该赶早工作去了，让他可以多得点剩余的工值来稍微满足生活上的必需啦。自己真该死极了！怎么不早点舍弃这毫不足恋的大学生生活呢？干！干！明天不要上课了，就和他说明这决心去吧！自己神经心脏都这样衰弱，读不上一个钟头的书本就会头痛欲裂的，要求真正的学问还能够吗？真正的学问还是让给那先天丰足，未到社会去的幸福的学生们研究去吧！象这样一面紧抱着抽痛的头部用功，一面心里又给眼前和下学期的种种生活问题困住的人，还在迷恋着这样可憎恨的学识，那真再滑稽也没有了。……干！明天离开这里了，找工作去了！……她毫不踌躇地把面前的课本和辞典，狠狠地关起了，丢到那堆高叠着的书本上去。

——干！……明天，决定在明天！……她兴奋地站起来了，自己感觉心房又是卜卜地跳动着。

——可是要找什么工作呢？……有什么工可给我作去呢？……她绕着圈子走着的两只脚，突然停住地呆了起来，颓然地坐到椅上去。

她又忆起早间和他谈论着的对话了。

她下学期是再没有（也是不愿）整百块的银子可以缴给那肥如白猪的学校会计员了，而这人地生疏，失业和无聊的青年们充塞着的S埠，也当然不能给她找到稍为相当的职业的，所以每当她和他有罕逢的晤聚的时候，俩的以后生活问题便成谈论的中心点了。

"做劳工吗？就使小资产的读书人性质能完全除去，而顶重要的'气力'问题却不能应付呢！……"

"对于创作卖稿这条路径完全不通了吧？……"

"即使没有多大的毅力来强忍着，给三次五次退回稿子来时的失望和所受的侮辱，你也没有那样余剩的邮票费和精力呢！……文学界的黑暗正象其他各界的有加无减。这一条是绝了心吧，还提它……"

"那末回故乡去找小学教教，仍旧过着那从前忍不下去的生活吧！……"

"故乡留着两个教书位置给我们吗？上学期呢？唉！……你想就明白了。"

"再在故乡找些什么机关类的职员做做吧！……不过……"

"那比教书更难了。眉呀，我们还用飘泊到这里来吗？我们这样不会适合现社会，不会交结权贵的！……"

"一切都是现社会的畸形制度，害得我们走投无路啦！好，克呀！即使能够在高压下呻吟着以延残喘，又有什么意义呢？我们不如不要希求一切的职业了，起来干着根本的社会改造事业吧！……"

"总是孩子气的眉呵，我们何曾不想这样做呢！但是，请问你要怎样入手做去呢？第一步，就只第一步，两个饿着肚子的男女……我们是不能不暂时低头以适应自己的生存的。……而最要紧的就是要紧抓住自己的真正的社会思想跟着时代进行，不要使它给外界的侵掠所销熔了，同时努力地对同阶级的同志们宣传。将来同志一多了，我们就可以不孤零的干下去了。……"

"但这理论也是适应于理想上的。……好，克呀，不要谈这个终无解决的问题吧！我特地带了针和线来，你的破袜子拿出来给我吧！……"她看那苍白的瘦脸上浮着了兴奋的红晕。

"真不要谈了，每回都……这个学期还有两个足月的时间，好在校里寄托着呢，你安心的读多两个月的书吧！……以后的租屋问题，职业问题，……不要管它吧！……"他苦笑地安慰着她。

"…………"

"…………"

——呵，呵！难道天地之大，我真找不到一件可以做得的工作吗……两个月，只有两个月，端午节一过了，学校也不客气的关了大门，十八块钱的宿费权利便宣告断绝了。那时，请问那时要到什么地方寄居去呢？亭子间，最低限度的亭子间，也要五六块钱一月啦。自己没法子赚钱，难道叫他连饭都不用吃的单给我一个人白消费去么？……

——呵，自己这个时候还住着高耸的洋房子的宿舍，读着每本足值一个月的房租的洋装书吗？太滑稽了！太滑稽了！……

"小姐，嗳唷！自家一个怎不看影戏去呢？……"多嘴的娘姨把红木马桶挪进来后，还为她揩着两星期一次的地板。

她没有答应的跑到栏外去让她揩着。

——自己现在还过着小资产的要人服侍的生活呢，真不该了！说不定两个月后，自己也变成娘姨，给人家揩地板啦。在这里人地生疏的，谁知道……其实她们娘姨每月收入的工值，并不会比在故乡当小学教员的我们减少呢，生活尽可以维持了，而工作怕还要写意点吧！……虽然要受雇主的气，但不比要替校长校董们做走狗，拍他们的马屁的苦况更减轻吗？……好！让我来帮她揩着吧，先学学看吧！……她倚在栏上，眼光尽是跟着弯了身子的娘姨的一左一右的手势而转动，好几次想叫她站起来给自己揩去，但总于克服不来自己这小资产所残留的自尊。她暂时给落寞的春晚的轻风所陶醉了，让眼前所有的情调征服了纷扰着的心。

"干净了，小姐！……"娘姨把两只通红的手提着一大桶污水出去了。她跑进房里来后，脑里又给适才未解决的问题所盘固着，早间伤感的情调一变而为烦躁的了。

那苍白的瘦脸的他，既不在身旁，可以给她发议论，发牢骚，互相对这问题重复的讨论着，她只有让心房跳动地呆坐在纷扰里！

——呵，还是创作吧，创作吧！……眼光偶而射向案上那本X书局出版的在现文坛上几乎没有人注意到的半月刊上去，她又兴奋地心里闪上创作的念头了。她曾经得了朋友某君的介绍，发表了一篇小说在这半月刊上，拿到了几块钱的稿费的。但只有那一次编辑先生算是敷衍了X君的情面，以后任她再寄上了几次自问比第一次还要好许多的作品去的时候，他不但不给她发表，还理也不理的等她索了三五次，才用报纸包了堆积着的一大卷原稿退回来给她。她那几次挂号寄上的邮票费的损失，足足占了第一次所得到的稿费的五六分之一了，（那时她还在岭南未到S埠来的。）还受了许多期待与失望的苦恼！现在她到这里来了，可以直接把原稿再送到书局去了，厚着脸皮再作最后的尝试吧！倘若编辑先生见怜而不致拒绝它那每千字一元的稿费，总有几块钱可以维持一个月的房租吧！……

——我们只要达目的，不怕侮辱了。呵，呵！来S埠的目的，还不是想领略各种故乡所没有的激刺么？那血汗给肥白的外国女人所吸吮了的工友们，那巍岸壮大的资本建筑物所投在车马纷嚣的马路上的阴影，那舞女的腿，那飘泊无聊的各种各样的人……这些，这些不是很好的材料吗？创作呵！……创作呵！让这些激刺和情感表露出来吧！……她兴奋起来了，心房又卜卜地剧烈的跳动着。……她感到创作热了！忙从抽屉里抽出月余不见面的原稿纸来。

——抽上一支烟吧！她兴奋地燃上了火柴，狂吸了几口，又幽幽地想着过去和他同居的时候，在那只旧方桌上各据一方，各人努力地埋头写作，偶而眼光互相接触到而微笑的幸福了。现在呢，那可爱的苍白的瘦脸已不在眼前、身旁了，而那时所努力写作着的作品也一卷卷的堆在破藤箧里，拥挤得她的棉袄都没有位置呢！……

她眼跟着游移飘缈的烟丝，兴奋的心情有点平息下去了，失望和茫然渐渐从平铺在眼前的原稿纸上幻将开来。她只坐着让烟丝从鼻孔中纡徐地喷出。

——真不要这样子茫无头绪了。写，写下去！写好了不能发表就留给自己和他欣赏吧！创作……为艺术而艺术吧！……横竖书既不愿再读，工又一时找没有到手。……满足了自己的创作欲，才打算生活问题吧！……她再兴奋起来了，把钢笔饱蘸上了墨水。

——眼前脑里所有的题材真太繁多了。……那个独轮小车夫的给汽车轧断了腿，……那女工的姘夫，……江先生的家庭，……同宿舍 C 的时髦女学生生活，……表现革命热情的，……描写小资产阶级的心理的。……这个时代要觉醒人们的，是描写被压榨者的惨酷的生活呢！那个车夫的血泊中的断了的腿，……她真兴奋起来了，自己感到心房象要跳开躯壳般腾跃着。

——呵！不然，不然还是表现伟大的革命精神吧！朋友 A 的为革命牺牲，真是可歌可泣的一段材料呢！唉！……她陷在难决的纷扰中了。究竟是采取那一个材料好呢？从前和他对面创作的时候，便可以抬起头来叫他代为取决的，但现在苍白的瘦脸没有在眼前了。

——不要给那些所纷扰着了，就把自己现在这样的心情环境描写一下不好么？自己给压迫着的生活和小资产遗传着的行为心理尽可以做材料了。……好，就决定这样写下去吧！……她又狂吸了几口烟。

　　——呃，这样写下去，又是自己无聊的诉苦状吧了。有什么意思，什么内容呢？……他不是说以后不要象一般作家般以自己无聊的生活实录，把来赚人家的同情吗？……呃，……她把原稿纸上已经写下的"她"字涂去了，脑里又给那些无系统的材料纷扰着。

　　寂静得如同坟墓的长栏上，突然地远远传来了达达的高跟鞋的声音，她的注意力给它吸住了。房门响处，一阵脂粉香浓冽的扑上她的稍微张开的口鼻，三几只裹在薄如蝉翼的透明的丝袜里的大腿，浮动在她眼前了。

　　"哎哟，真想困啦！眼睛酸得来……"两个同居的一踏进来便高声喊着。接着是一阵嘻嘻哈哈的笑谈！

　　"Mr 李，Mr 刘，……Miss 朱，……Issis，Odeon[1]……you had sweet kisses。……惠罗公司，旗袍料子，高跟鞋，……"

　　——糟了，糟了！……不能创作下去了！……她知道她们是由电影院回来的，非等到吃完晚饭便不再出去的了。她俩正叽哩咕噜地谈笑着，鞋声响处，邻室的同学又应和着交谈起来了。

　　——把时间错过了，唉！不能写下去了！……不知做什么事好呢？在她俩高唱着《毛毛雨》的欢笑声中，皱着眉苦闷的她，

---

[1] Issis：上海大戏院；Odeon：奥迪安电影院。

呆呆地对着面前的原稿纸出神。

她只感着自己卜卜地跳跃着的心房的伤感的暗影，又偷偷地袭上她的心来了。她再幽幽地跑到房外去的时候，眼看长栏上暖和的落日，恰射着那些红木马桶在发出微弱的反光！

一九二九，五，六，夜雨声中，完于宿舍。

## 遇　合

（二月廿三日）

我到校里来已快满五个星期了。

今天是我再次开始记日记的第一天哩！在这沉寂的境地里挨着的我，记日记这件事情真是再好没有的了。在我童年以至过去的两年里，我是天天都不断地记着记着的；可是自去年陷溺于刻骨的悲哀里以后，寸心纷扰不宁，就把它间断着了——直至现在。我相信人类处于紊乱的情绪中时，是不能够把自己的心情、事迹，理性地描写、述记下来的；必待事过境迁，往后无聊，枯寂的时候，才会慢慢地把过去那烙印着的印象，一幕幕从心头移到纸上去的。所以我今天想把日记续记下去了，一方面可以消除些长日似年的光阴，一方面也可追忆过去那死也不能忘掉的我和他的种种爱的痕迹。

　　正是去年这样春光绮丽的岭南气候哩！桃花谢后的二月初头，学校开课那天，可爱的苍白瘦脸的他的第一次印象，便深映入我的眼中心上了！呵呵！我怨造物，怨时间，怨机会，……连那学校和它的一切环境都怨恨起来呢！不是为了他们的作弄、偶合，那末，生长峨嵋山下的他，怎会和我相逢于南国的春光里呢？又不是为了他对我有爱而又不得不离绝的苦衷，那我们此刻不是欢愉的一对情侣么？此刻我怕还是童心未泯，青春宛在的一女人哩！呵！我的心头真隐痛起来了！我悲哀过去，灰心现在，讨厌将来，……不是都为了去年与他那段悲凉凄咽的离合么？……不是为了我和他是同校的教职员，不是为了我们的情投趣合，不是为了他的献身革命和有着同为事业牺牲，因而飘流四散的他的昔日爱人，那末，我们又哪会合演了这样的一幕悲剧呢？……

　　就在去年这个时候的春晚上，我由窗里偶而看着他那捧了一册文艺书籍，在校园里的柳树下呆站着的那一瞬间……

　　呀，就寝的钟声怎么敲得这样早呢？我只好停笔了！


（二月廿五日）

　　昨夜是辗转了一个整宵！唉！我的神经衰弱怕跟着这无聊赖的光阴一同长进吧！

我怨恨自己的多事啦！好好地记日记就记罢了，何必把过去的伤痕表露出来呢？要在止水似的心湖上荡起波澜做什么呢？真是矛盾啦，既然努力想把过去的忘掉，洗净，却反而想把它遗留痕迹于人间，无乃太滑稽了吧？昨天为要撕掉上面的或不再记下去了的问题踌躇着，终于间断了一天没有记下而就不得解决！唉，于此可见我近来心之脆弱了！由它去吧，想写什么便写什么，懒得写的时候就给它间断吧！

唉！让我来写些现在这讨厌无聊的学生生活吧！于此我又不得不附带的写了所以要由教书生涯再次过着学生生活的缘故啦。自去年除夕那晚上和他在X市朋友芳君家里握别，看他在寒风刺骨的昏黄的街灯下把背影逐渐消逝了去之后，第二天便不能够看见他的苍白的瘦脸了！……唉！经了芳君的多方劝慰，和代我解决了暂时的经济问题，硬压着我到这全国中心的上海来进进大学，再读读些书，我只好决意跑到这里来了。其实他走后的X市顿变成触目不堪的伤心地，我真再也没有勇气在那儿呼吸着了！虽然它是我度过了六七年来学校生活的第二个故乡。他走后的隔天便是旧历的新年，我一直躺在芳君家里流着眼泪，到轮船复工的初五晚上，便离去我们的伤心纪念地X市了。临行时我连近在数里的故乡也不想去一去。白发满头的老母也不忍别一别了！唉唉！……

不知不觉又勾起过去的伤痕了，天呀，你要怎样来主宰我这无着落的心呢！

在此除每天紧抱着英华辞典，对着枯燥无味的课本之外，其他的生涯就全葬送在孤独的无聊里了。不要说同学们是连半句话也说不上的，即使她们于唱完《毛毛雨》，擦完脂粉之余而想和我攀谈时，我报答她们的却只有一脸沉寂的闷气，和机械的几个点头！不消说现在她们和我之间是隔着高厚的一道垣壁了，我要努力让自己成为一个沉默无聊的孤零者哩！

　　自己一个在抽着嫩芽的篱笆下慢慢踱着，听着自己轻匀、沙沙的足音时，真领略了不少生平所未有的幽寂的情调呵！

　　窗外那片麦田已展开成无尽的绿波了。这时故乡正是绿满郊原，春风沉醉的仲春晚上了，但这里的柳条却远未到翠拂行人首哩。唉，故乡呀！母老家贫的故乡呀！……更有我那苍白瘦脸的他呀！你这时飘泊到哪儿去呢？在春浓的南国风光里呢，抑是在春雪霏微的北方呢？……但愿你能够把我这可怜的女子忘掉了，努力你的事业，幸福地再和你那消息隔绝的昔日爱人重圆好梦！那我这被遗忘的孤独者，是愿意寂寞地过我的一生的！……唉！唉！

　　我几乎忘记写下今天较为可纪念的一回印象了。当我早上挟了课本，拥挤于上下课所必经的楼梯上时，照例眼前那几副肉感丰富的女同学们的裹在花花绿绿的旗袍子摇摆着的臀部之中，却杂了一个黑裙深绿色上衣的看来不象肥白的浙江女人的身子来。她和我同跑进上法文课的课室里，这给我那无聊赖的心情以可注意之点了，她有着一个不施脂粉的微赭的长脸孔，和一对灵光射人的藏在微蹙的眉峰下的眼睛。照她那脸勇毅沉着的表情看来，她不是毫无社会人生经验的娇嫩的少女了，年纪约有廿多岁吧？我想再细细地注视她时，那教授已开始讲解动词的时间性了。以后整天都没碰见她。

## （二月廿七日）

  上海真成了刺激性浓厚的一个国际上的都会呀！昨天傍晚我一直散步到电车站上去，茫然地跳上了电车，又茫然地在外滩那里跳了下来，匝着寒威犹存的晚风，这都会的整个的缩影是开展在我眼前哩。黄浦江上麇集着的船舶，和由那各式不同的烟囱里发出来的尖锐刺人的惨叫声；马路旁停着的那些擦得光可鉴人的成一行列的汽车；巍然壮丽的外国银行等的建筑物，在黄昏里拖着它庞大的阴影于地面，阴影上有珠光宝气，显露于汽车窗里的飞驰来去的外国贵妇人，绅士，我们的时髦漂亮的少男少女，跑着的成群的由工厂里出来的疲乏的工人，彳亍徘徊的无聊的流浪者……那些，都在它的阴影中纷扰着，不知不觉地我那消沉下去的热情，又在心头激荡着了，我应该干我所该干的事业，跟着他，跟着他尽我应尽的天职，让光阴这样无聊赖的白白消逝去了还有什么意义呢？……但是，但是在这样的境地里的我真不能维持那激昂的情绪哩，在夜灯灿然的凄冷的归途上，我的心又仍故给落寞的情怀占领去了。

  唉，世间还有什么会比处女的第一次无着落的爱所感到的悲哀？

  近来每每感到精神不济，头痛心跳，唉，不说也罢了！

  原来那天我注意着的她叫王渊如，和广东人李同房子的。我今天把文选拿还李去，才知她是新进来的同学，她把那深沉的眼光向我掠了一下后又挺直腰子看她的书。李说她整天除吃饭散步外都是这个样子的坐在案前。

"她倒和我有些相象呢……"我这样想。

昨夜忽然梦见他，梦见和他在校园里的草地上坐着，他忽而象过去那样紧握着我的手儿尽是低头沉思！……呵，在世上有谁能告诉我他的行踪呢？……

## （三月初一日）

我和王认识了，我们认识的经过是这样。

今天的气候暖和极了。晚饭后我跟着那天未逐渐苍茫下去的红霞，慢慢在一碧无涯的麦田中踱着，让整个的心融化在骀荡的春风里了。循着麦田塍转了一个弯，踱到一家古旧村屋前面。门前几株毵毵下垂的柳条下面，两个红衣的小姑娘正嬉笑地拍着皮球，跳来跳去地就象一对小蝴蝶。我呆望着她们，追忆起去年和那些小学生们一起游玩的情景来。"呵！我的童心消失到哪里去呢？过去那天真活泼的少女青春期，现在在这样阴沉的脸上怕连一些痕迹也找不出吧！……"我正沉醉在伤感的情怀中时，忽然背后有足音传来了。回头一看，那正是王呢。她两手放在背后的跑近我的面前，把她那沉潜的眼光向我目礼了一下。我象受她的催眠般竟向她点起头了，她也在冷然的脸上绽出一丝笑意来报答我。

"你也喜欢到这儿来散步吗？"出我不意地，她把恳挚的声音向我发问了。听她的口音象很习熟，倒象从前听惯了般。

"您贵乡是哪儿呢？"我不觉冒昧地问她。

"呵！是成都……"她默然地答。

"成都！……"我的心房激荡起来呢，原来是他的同乡！"呵，风景幽丽的一个故乡啦！"我勉强找出这句话来弥缝我对成都感到兴奋的表情。

"是的！……不过我离开故乡已很久了。你的呢，是南方人吧？"她把那对眼睛朝远处望去，不经意地说。

"我是岭南人，我的故乡是广东X市的近村。……"

"广东！呵，那儿的风光也是很好的，听说那儿的革命空气还很浓厚呢！……"

她忽而把眼光收转回来射着我："你从广东独自跑到这儿来读书么？……"

她定感到我冷僻的态度吧？定在同情我的孤独吧？……

沉默了一会，她向我说声再会，把慈和了的眼光向我望了几望，象叫我不要再孤零地站在那里般，向前跑去了。我只把眼睛跟着她，那深绿色的上衣在暮霭苍茫中消逝了去。

## （三月初五日）

**忽然潇潇地下起雨来！**

晚上凭栏远望，眼前那片碧草绿树都给迷蒙的细雨罩住了；凉冷的雨珠扑到脸上手上，整个的心沉醉在他人所不能领略的情绪中！呵，我对自己都惊异着早日那奔放的热情是哪里去了呢？……

自认识王后，不晓得怎样的他又在我脑里萦绕着了！我一方感到死般的沉寂无聊，他方又觉方寸凌乱！纷扰不宁！"唉！你可爱的苍白瘦脸的他呀！你此时是在天涯，在地角？……"

整天不是凭栏对着如烟芳草，便是在麦田中踯躅徘徊，只有茫然地迷惘，迷惘！

可怜的母亲犹在希望我的学业和前途哩！读了她的来信真使我不能不流起泪来呢！

唉！雨呀！淅沥不断的雨呀…………！故乡门前那个小塘一定涨满绿萍吧？小侄呀！你定赤着脚捉青蛙去吧？但是没有姑姑为你作伴了！……

我又忆起去年那狂雨声中，和他在灯下默默相对的情景了！……唉，我还是停了笔罢！让悲楚来充塞我的心罢！……


**（三月初八日）**

今晚上我和王又在雨后初晴的郊野上碰到了，我们竟交谈了一个长久的时间哩。

一听了乡音和他相似的王的声音，我便兴奋起来了！我本不想和她交谈下去的，但不知不觉地竟给她谈话的吸引力吸了去！关于学术，政治，社会……她都有很精确的见解和思想。看来正是我们的同志呢！她向我发挥她的社会见解就象他一般慷慨，透切，使我不住地追怀着心之创痛！

"你们四川人的革命性都很浓烈啦！"

"那可不见得！不过……"她再把那锐利的眼光射向我脸上来。

"这里的同学们是半句话也谈不上的，唉！……"

"可不是么？看你这样年青的姑娘真不可太于冷寂了！怕是你太喜欢文艺的缘故吧！你闷的时候尽来找我谈谈好啦！"她象对弱妹般慈和地对我说。

为什么象她这样富有思想的人，也愿意跑到这儿来受这灰色的，被时代遗忘了的教育呢？……有机会时真要问问她。她读的是英文系经济科，我们有几样功课是相同的。

窗下那几株绣球花，给缠绵的春雨打得零落满地哩！从前我对那些以自己飘零的身世喻着落花的人们总觉得是俗不可耐；但此刻我才感出此中的无限凄凉呢！呀！落花呀，委身于流水污泥的落花呀！


（三月十二日）

春雨声中，病卧床上已经三天了！唉！白天尽是昏茫茫地给淅沥的雨声填满了这空虚的心，夜里呢，蛙声盈枕的只有睁开眼在细数滴答的钟声！呵呵！白发满头的母亲呢？苍白瘦脸的爱而不得的他呢？远了远了，伴着我的只有帐中这个孤影了！

除医生外，这病床是没有第二个来揭开帐儿，向我存问一声的！我盼望王来看看我，但她怕不知我的病倒吧？

"灵芬！我的身心是交给伟大的事业了！不怕我是同样的爱着我灵魂中的你，爱着我那隔绝的敬爱的同志的爱人黄冰华！……但我不得不离开你了！我要完成我的使命，我要盼望你得到幸福的伴侣！灵芬！……请你恕我吧！请你让我离开你罢！……"

他的这些临别诀言，在病中心情脆弱的我追忆起来，是怎么令人悲凉怆痛的呢？……

(四月初五日)

唉！没和这日记相见的已快满四个星期了，让春光悄悄地从病中溜去地，又是梅子黄时节了！

近两天来差不多可以说是告痊了。但一病之余，剩下的只有这怯弱的身子了！自己看看镜里那褪了色的苍白的两颊，呆滞的深陷的眼睛，……和裹在夹衣里的消瘦了的躯体，袖筒下那失了弹性的纤细的手腕，……自己真忍不住惊叹起来呢！假使这时回到故乡去，第一个认我不出的，定是我那老眼婆娑的母亲了……！呵呵！青春已跟着落花谢去了——毫无留恋地谢去了！虽然此刻我只整整地度着二十次的春光！

自病后第五天，搬到和王的卧室相对的病室来后，和她成了知心的朋友了！她差不多每天都没有上课去，昏迷里偶而睁开眼睛时，老是看见她坐在我床前的靠椅上，默默地看她的书陪着我的。她劝我慰我，服侍我，无微不至；朋友，姊妹，母亲……的各种情谊，她对我真可说是兼而有之了！谁个能相信她那冷寂的脸上，心头却蕴藏着无限的热情呢……没有她，这异乡卧病的孤零的我，真不知此刻是死是生呢？……我要怎样用我这笔来记下对她那刻骨的铭感和敬爱呢？……

关于我的身世和过去的一切，我都坦白地告诉她了。啊，我记着她那睁大眼睛的诧愕的表情，当我把他由口中介绍给她的时候！她说她有一个弟弟，就在两年前为革命而逃亡到广东去的，不知他就是他么？她问了关于他的年龄，相貌，性情……我只模糊的答她，我那时止不住流下眼泪了，她便沉默下去！真对她不住呵，我至今还没有把他的真姓名告她！我要让那苍白瘦脸的他始终占据我心房秘密的一角——除掉芳君一个，我怎能告诉她呢？……

假使他证实真是她的弟弟时，那我将更其苦闷了！我把她的弟弟弄得此刻怕也和我同样的悲闷着哩！唉唉！

她的一切我也明白了。她是个坚毅热烈的身经变故的女革命家呢！她也在那时抛离了故乡流浪着的。她那不避险恶，忍苦耐劳和铁般的热情，真使我钦佩极了，惭愧极了！她真配做他的姊姊哩。但她和他的姓氏不同，且从前并没听他说过有这样的一个姊姊，我可真太富于幻想啦！

**(四月初七日)**

今早只得搬回卧室来了，那幽静的病室我真不忍离开它哩！

看了同居者们那些满涂脂粉的脸，满铺花生皮的房间，……我的心头真作呕不堪！唉，丑悲极了，这些专供少爷、绅士们淫乐的女学生！……

钟声响了，她们都忙着整衣对镜的跑出去后，这沉寂的空间才把我平静的心情恢复来。

凭窗望去，眼前的景物真把我的灵魂震撼起来呢！阴沉欲雨的天空下，远处那抹郁翳的树林，熟透了的金黄的麦田绕着月季花盛开的柳条下的篱笆……呵呵是初夏啦，故乡那血红甜蜜的杨梅，衬在翠绿的芭蕉叶上，挑到深巷中叫卖去了！……记得去年这个时候，从来不曾吃过杨梅的他，竟吃得把白衣衫都滴着点点的红汁哩！……

**(四月初十日)**

今天又接到家里的来信了。每次读了那行简歪斜的小侄的天真的语句，母亲的亲自附注的千万叮咛！……要使我不痛哭真是不能够的了！……

晚上和王由细雨霏微的泥径上踱回校时，门房把一片字条子给她，说是刚才找她不着的男客人留下的。她刚接过手来便惊呼了一声，接着那沉潜的脸上忽挂着暴露的笑痕来！但她即刻把剧烈的情感逐渐恢复了。说一个存亡不卜的好友居然可以会晤了！她匆匆地和我告辞，冒着渐次大起来的夜雨跑去了。

想来这男客人定是她的爱人吧？祝她从此幸福，祝她和他这时是甜蜜的会晤！

## （四月十二日）

王自那晚出去后，至今还不见回来哩！和她的爱人谈得不得开交了吧？

这两天自己总孤零零地跑到校门外等她，……呆望着跑过的车马行人地等着她！一病之后，我真把她当成我亲爱的姊姊呢，没有她，我又恢复月前那掉在冰窖里的生活了！

在这样的心情、环境里，是很适合于写些颓废、伤感的诗歌的，但不知怎地近来连嗜好若狂的文艺热也灰懒着了！提起笔来，又是让它纡徐地放下去！……

啊，王呀，冰如姊姊呀！你定躲在爱人温暖的怀里，而把凄冷的我忘掉啦！……

## （四月十三日）

呀！天呀！我这时仍在颤动着的手尖真没有握笔的力量呢！我的失了理性的心房也震荡得剧烈不堪呢！呀……

我们这不幸的三个真是小说里的遭逢呵，我清醒一点的时候，我真不相信我的身心正陷在这样离奇、变幻的境地里啦！天呀！

我真不知以后——就在明天——我们这三个——我和他和王，不，和他的早日爱人黄冰华——又将演着怎样的 Romances 呢！唉！我此刻所以要勉强记下这些来的，是因为我的日记到这里可说是成一段落了。以后的我能再有勇气和心情来继续记它下去与否，真非我此刻所能预料了！

唉唉！我今天的遭逢真太使我感到无限的神秘和离奇了！事情是这样的：早上我刚跑到校门前又想站着等她的时候，近面并肩而来的是我那苍白瘦脸的他和王了！我朝前去惊喊了一声，接着我那病后不耐刺激的衰弱的神经便昏眩下去了！以后是如何的躺在冰华的床上，如何的给她紧紧地握着手儿，皆非我所知道了，一直到恢复意识的时候。

谁能想到和我日夕相处的王就是他昔日的爱人冰华呢？谁更能想到诀别远去的他，又会和我和她相逢于这黄浦江畔呢？……

自别我后，他是在省度过了残春的，几天前跑到上海来流浪的时候，碰见了故友，因而得到她的消息，更因而和此生以为不可再见的我重逢了！我们去年那段痕迹，不消说她是知道了，她再三劝慰我，让他和我对谈，自己反而跑到外面去！那真使我不知所措呢！……

唉！"爱不是独占的，……"但我们三个能永久维系这样的关系下去么？……不能，不能……能，……能，……我真不知以后的生命史上，又要掀起怎样的波澜呢？

我这段不完整的日记就让它在此告终了！以后——我真不敢再设想这"以后"两个字呢！……天呀！

一九二九初夏于上海。

## 乐园的幻灭

温柔，和煦的初冬的朝阳，刚好从那株盘踞在园的角落里的榕树梢头，斜抛向一面差不多水晶也似明亮的小池上。

池水是那么的清幽，澄澈，它把孕着白云的蓝空和池边丛生着小草的倒影都印进自己那沉潜的怀抱里去。这好象一幅优美的情景，渗进在人们那沉醉着的心灵里般巧妙地，毫无痕迹地。但我们那顽皮的阳光是如何的淘气呢，它时而借着晨风的翅膀，便很轻快地一面吻着池水一面跳跃起来，它的闪烁的光芒，把那些倒影都搅得凌乱了！

逆着不十分耀眼的初阳，她沿着细石砌成的小径，从院里跑进园来。她是个十八岁大小的少女，有着健全的、燃烧着青春热力的肉体和灵魂；她的那对老象是在微笑着的眼睛和口角，却令人感到她内心还蕴藏着柔和优美的另一种情绪。她穿着蓝的上衣和黑短裙，白的颈巾的两颗下垂的绒线球子，跟着她走动的姿势便一左一右地摆动着。

"今天的气候很好啦！……"她轻轻地这样说着，她象感到意外的满足般对周围的景物细细地爱赏着。这景物在什么时候都会令她感到欢爱的；但在今天，它好象另摆上一副新鲜、悦乐的笑脸，处处都会勾引她的眼睛去作一个长时间的逗留，处处都会引起她想再贪看一下的兴趣！一切于她真太亲切了，美妙了！她轻轻地吹着甜蜜的口笛，慢慢地坐下在池边的椅子上。

阳光从榕树梢头慢慢地但又象轻快地升起来，它很均匀地和园里的一切接着早吻——那畦里新开的野菊花，那鲜红欲滴的美人蕉，那一堆滑得闪光的石子……更有草地上的露珠，它们很轻狂地，卖弄风情般尽是闪烁着，闪烁着。

初阳的热力增加她身上循环着的血的暖流，那完全帖服着的心房好象起了微微的跳动。她把微嫌闷热的颈巾松开，把两只手膀伸过脑后，搁在椅屏上，象很娇懒地让自己陶醉在这柔和、优美、鲜丽……交织成的情景里面。她的短发不加梳理地让它披拂在额角，耳际，她斜侧着头，一任温软的颈巾由左肩上垂下到草地去，吹面不寒的轻风尽向她的颊上、鼻尖掠过，蓬松起来的颈巾上的绒丝也跟着颤动、摇曳，……这些点缀着她，表现着她少女的浪漫的风情，这笼罩在暖日底下的美妙、恬适的一切，也正象我们少女的眼睛和心情一样的可爱！

象她这样年轻的姑娘，在这样的风光里正该和同伴们耍完了早晨的运动，便跟着钟声一同到课室里探求她的学问去的吧？但她没有那样的环境，那在这个时代正给有产的小姐们所擅有！她到这所半象私塾半象幼稚园的小学校来已经有好几个月了。必然地，她开始也怀着一般年青人所共有的求进欲，为前途苦闷着！但小学生们是太可爱了，这不与世争的小学校和略加修葺的废园也值得她的青睐！逐渐地，她近来反而感到这恬淡，但是活泼的生活很为可爱——比着学生时代所受的呆滞和无聊的生活更为有趣了！谁说教师的职业是痛苦的，粉笔和黑板的生涯是黑暗的呢？早晨，跟着朝阳而起，就在这园里预备些故事、诗歌的课材，自己弄些喜欢吃的东西做早餐；接着那由邻家雇来的老妈子会过来帮她修理，打扫一切，往后，哟！这些小天使似的孩子们便陆续跑来了，一天的活力便由这个时候跃动起来了！带他们在草地上游戏，混进他们当中，完全忘记了自己的地位，年龄，甚至躯体般，她常常低弯了身子，和他们手牵手的做着孩童的玩耍，听着他们的领袖的指挥！等到课室里的小铃给老妈子摇动起来时，她也混进这一群脸上还堆满笑痕，笑声还从小口里溜出来的孩子里面，在小径上织成一条小小的河流，滚进课室里去了。

　　在晚上她独自地缝些衣裳，看些书本——这一月来她读了许多由小学生芸的哥哥处所借来的有着新的启示的书籍。她虽然没有证实这里面的理论和事实，她很喜欢读它——写些母亲姊姊的书信。……在休假日她便约了她的小伴侣，一同到这小市镇里的郊外游玩，或者在他们的家庭里，很亲切地被他们的母亲们接待着，聚谈着……一切都很舒适，恬静而又活跃！她不感到寂寞，也不曾有怎样苦闷的梦幻；一切于她是现实的，愉快的。她很少预算着前途，但也不追忆着过去！……

　　大约是享受了多量闷热的阳光的缘故吧？这时她那恬静的心情忽然从陶醉里渐渐地蠢动起来，她那止水般的心湖忽然漾起阵阵的微波！

突然地，但又象滋生地般，她的心上给遮着一层不快的暗影，这暗影很迅速地掩覆了她整个的心窝，另一种可厌的，恐怕的情绪从它里面侵袭起来！她下意识地把身体转动了一下！

这暗影渐渐地凝聚起来，形成了两幅清晰的但又模糊的印象！

虽然是江南的初冬天气，但夜里的冷风已使人感到有些森寒了。昨晚上她因为贪看多一点喜欢读的书，吹熄了煤油灯上床去时，隔壁室里的挂钟已敲了十二下了。她把困倦的眼皮刚好合上，突地那面临街的小窗上好象给敲打着般响了两三下！

"什么？……"她睁开眼来，下弦月刚好从那面窗幔遮不到的上部射进室里，在桌子和地上延着一条淡青色的幽光，周围悄静得很，只有由这小市镇的远处，传来两三声隐约的犬吠。

她仍旧闭拢她的眼睛。

"督督！"声音又继续响着，还好象有男人在咳嗽般！

"谁……"她含着懊恼的心情翻开了被窝跳起身来，恐怕和危险的意念还没浮上她的脑里，她把窗幔掀开来，蓦地有一个穿灰色制服的人影，在凄冷的月光下由窗外溜去了！

"吓！……"寒气和恐惧一齐袭上她的身心，她起了一阵战栗！

"昨晚……这，说不定是个小偷，……但那很象个兵士……今晚上叫老妈子不要回家去吧！……"

她的心里渐渐有着憎恶的、惊恐的预感，眼前的一切好似偷偷地溜去了它的光明、绮丽，另一幅映像又显现起来！

这小小的市镇近来也难免它的厄运！据说邻村不时发生着明火打劫的盗案，所以驻城里的营部派来×连全连的兵士来驻扎在离学校不远的祠堂里。这是娟的母亲告诉她的。几天前蘅忽然一连三天没到校里，她跑到家里探望她时，只见蘅坐在门口守着她的一群小鸡，嬉笑和活跃的小脸孔完全给呆滞了般，见她来了，只跑前来凄怨地喊着她。她正感到诧异，但蘅的祖母由屋里跑出来了，她有着一对哭红了的眼睛和满头蓬乱的白发！她哭诉她的儿子因为给驻军们白买了猪肉——她的儿子是挑卖猪肉的小贩——不给钱，他不该说了他们几句，便给毒打了一顿和禁锢了一天一夜，好容易等她把豢养数月的一只猪卖了，亲自把白银捧到祠堂里去磕了几多个响头，才允许她央求两位族人把遍体鳞伤的儿子抬回来！……

我们的少女生长在虽然清苦，但还没受到灾厄的家庭，青春的优美的温情在她心身里蓬勃，一切于她是太单纯、安稳了！她还未跑进那可惊的、复杂的社会，没有体验到丑恶，凶残，悲痛，惨酷……的人类的遭逢！虽然她只有看过两只溃烂了的乞丐的脚，听过一些可怕的罪恶的传述！

"为什么，为什么他们会这样的作恶呢？……他们害了蘅的一家……听说还做了许多凶恶的横行……为什么这些民众们不想反抗呢？……"不安和懊恼虫样的侵蚀她的心，她的脑壳里象有空洞的一隅，填补着它的是不愿意有但却不断地映现着的丑恶的幻影！

"先生！早！先生！……"象黄莺在枝头叫着般，一阵娇婉的笑声把那些可憎厌的幻影冲开去了！这声音挟来了愉快，活跃的力，帮着她把沉重的闷压打败了！眼前依然是光明，美妙，依旧是充满着令人陶醉的风光！

"呵！来，快来！我的小天使！……"笑涡在她颊上浮现，愉快占满了整个的心，她望着张开两臂向她跑来，红的缨络在黑的短发上摇动的芸，这样喊着。

"你今天多早呵！"她用全身的热力在芸的小颊上亲了个吻！她未尝和异性接触，她不懂得爱情，她只感到象这样会使她沉醉的愉快，只能在母亲怀里和小伴侣们的脸上和笑声中领略得到！

接着又来了芳，琳，惠……的一群，她象往日一般混着他们嬉耍，她完全恢复了她固有的一切！

早间娇艳酣笑的朝阳，此刻已经很严肃地，但慈惠地由刻着各种古旧花纹的窗眼，斜穿进课室里来了。它很匀整地照着室里各个小生命的头部、肩际。他们的衣饰有着不同的式样和花纹，有些鲜丽，还点缀着一两颗闪光的珠饰；有些平凡，有些甚至是残旧；但他们的小脸上都浮荡着同样感到满足的笑痕，小口都微微地张开着，耳朵里都充满着教师的音乐般的声音，眼睛里都放射着追求的、温敏的稚光，这光线向同一的方向射去，凝聚在他们面前那灵动的、亲切的教师身上！他们好象忘却了自己个体的存在，他们的灵魂融合着，紧密的融合在一起！他们自己很难分别出谁是这镇上富室的小姑娘，是缙绅的子弟，谁是贫苦的农民的子女，谁是穷老船户的儿孙……是有着可爱的美貌还是有着蠢陋的表情，肥白的小肢体还是营养不良的枯瘦的黄脸……他们这个时候都有很匀整的呼吸，一致的情绪，恬适的空气在日光里轻轻地流荡着，流荡着！

她呢，渗进在这融泄的灵魂里面的还有我们那年轻的教师的心灵，她把自己蕴蓄着的一切智慧和情绪都流露出来，流进他们那纯洁和空灵的脑里！她接受着他们那贪求的神秘的眼光，她是怎样的感到自己的伟大，可夸呵！

他们今天讲的课题是小蜜蜂。她把自己编成的一则关于小蜜蜂的故事讲着。她是讲得那么的有趣，巧妙，把他们的小心房都打动了！

"……小蜜蜂们真没有办法呵！老的和少的看看都要饿死了……"她望着他们，他们的脸上都罩上一层成人所不轻易表现着的悲哀！

"但是，蜜蜂们终究没有法子吗？他们是那么的多数，一百，两百……但凶残的老鹰只有一只，只有一只呵……！他们想不想把被老鹰抢夺去的粮食拿回来呢？……他们……"

"对呵，对呵，把粮食抢回来呀！……"

"把他们的刺螫着老鹰呵，他们飞，他们一齐飞去螫老鹰！……"

"对呵，先生！叫蜜蜂们把粮食拿回来！"

"杀死老鹰，把那只老鹰打死吧！……"

他们有的握拳头，使劲地向空中挥舞；有的站起来喊着；他们的脸上都有兴奋激昂的表情！

"……"

"……"

"小姐，我的好小姐呀！那些祠堂里的兵老爷们打从园门口跑进来啦！……这，这……是为什么？！……"突然地，在他们喧闹着的声音当中，老妈子颤着两唇飞跑进来了！她的眼眶里已经挂着那预感到不幸的泪水！

"什么？……什么？……"她象突被掉进另一个荒旷的所在般，她听不清楚老妈子的话！

全室里的喧嚣象被一阵猛烈的寒潮所凝住了般，蓦地里悄静得连它的余音也听不到！

"他们，兵士想怎样呢？！……"丑恶的暗影很迅速地，更阴惨地恢复了在她脑里的地位！

"他们的教师呢？……在这里？……"

她已经听见这象怒叫的声音，看见两三个可憎恶的灰色的人影由园里跑进课室来！

"不要怕，哟！这没有，没有什么！……"象醒觉了一下般：她忙站近那些呆定了的孩子们。

"你是这里的教师吗？……呃……"象长官模样，满脸麻子，两眼吐着阴狠而又狡猾的光芒的男子跑进来了。他后面还跟着两个插满短刀、手枪的护兵。

"这，有什么事情呢？……"不幸的预感象已经实现般，她茫然地问着。

"没有什么。不过因为我们的地方太狭窄了，此刻偶然看着这儿的地方还不错，要把这里做办公的机关。……晓得吗？……你就喊学生们回家去吧！别的椅桌这些东西可不必动它……"他的一对眼睛只上下交替地注视着她！

象又被掉进个黑暗的深渊,她不晓得要怎样应付眼前的事变!突地有打破这重压着的空间的尖锐的哭声刺着她的心房!她眼看邻家娟的母亲跑进来把娟带走了,两三个孩子却恐怖得哭起来!别的都睁着无助和惊疑的眼光凝视着她。

"可以……请你找别的地方么?……这是学校哩!……"她立刻明白自己和这些小孩子们都要从这儿被赶出去,永没有再聚合的一天了!她感到万分的苦恼,她真不愿和他们分离,她鼓起勇气来想说退他!

"哼!学校便怎么样?我们负着全镇人民性命财产的责任,办公的职务不算重大吗?……好!李胜!你回去把我个人的东西搬过来,把那两个××匪徒也解押到这儿来!"连长决然地向护兵吩咐着,回头他又对别的一个说:"你还不会替我把孩子们赶散吗?站着干么?"

"这不行,不行!……老妈子,你快请校董王先生来罢!……我的孩子们,你们不要怕,不要怕!……"热血在她的周身沸腾,她张开两手来拦住那行凶似的护兵。

孩子们的哭声高涨了起来,两三个邻舍闻讯而来的孩子的母亲们都仓皇地跑来!

"你们不要回家里去吧!我的孩子们,我们不要离开,不要离开这里!……"少女的温情不知消失到哪里去了,她的心里燃烧着反抗强暴的烈焰,她不愿离开这安和的乐园,她的身子给护兵叉开了去!

"哈哈!你们的校董不要说不敢来,就来了要我奈何呢?……你这个姑娘真长得不错……你不愿离开这里是很好的,说不定我还可以任用你做个女书记！……"连长嘻嘻地对她笑着。

"狗！这害民众的恶东西！……"愤怒的烈焰使她的身心颤动，她受到丑恶的侮辱了！她在待着爆炸的一瞬间，她要咬破他那凶恶的脸孔，撞击他那斜系着皮带的胸膛！

"但，但这有什么用处呢？……我那样做时我的衣裳会给扯破，肉体会被打伤，会受到更丑恶的侮辱……而孩子们依然会被赶散，我们终要分离！……"她整个的身心都强烈的颤动着，她昏愦的神经清醒了一下！

"对的，对的！……我眼前自己只好对他退让，屈服！我们要忍耐，要合力，要组织，然后才反抗，对一切丑恶的反抗，那些书本不是这样告诉我们么？……我觉悟了，这样优美的乐园在此刻已没有我再事贪求的可能了！……"她的脑里闪上一幅光明的前路！

一九二九初冬于上海

## 突　变

　　这是圣诞节的前夜。给几天来那衬映出残年急景的冻云紧紧压住的空间，虽然没有撒下些点缀这盛节所应有的雪片，但那由北方吹来的隆冬的夜风，却把这大都会附近的一所荒野似的小村落里的几间小泥屋，刮得呼呼地有些震撼起来！

　　女工阿娥把晚饭吃完，把她那发了几天热的孩子哄得睡觉了后，便赶忙把这仅可容身的斗室修理着。她的这半间小泥屋自然也和邻居别的泥屋般有着一副填满了稻草的卧具，一方长方形的横挂在壁上当桌子用的木板，和一些乱七八糟的破衣，杂物；但它所与众特异的是木板上面还粘有一幅圣母和她怀中抱着的基督的画像，五彩精印的。这圣像虽然已失却了它本来的色泽，但居高临下地，它的似庄严，似慈爱……的潜在的神力，却紧密地支配着它下面的一切，洋溢于这小小的空间；再从它那纤尘不染的纸面上看来，我们便知道它是给这室里的主人翁怎样的崇奉着，宝爱着哩！

因为明天是圣诞节，是一年里阿娥最感到快慰和兴奋的日子——能够恢复她象儿时过新年那样有兴趣的日子！她把室里杂乱的东西检理了一番，看看这本来就很晦暗的天空已经完全黑魆魆的了！她摸摸索索地把放工回时买来的一束快要枯萎的花儿插养在一只香烟罐子里，把来供在圣像下面，点上了一盏小小的煤油灯，洗干净了手，她站在木板前幽幽地向它们观玩着。由泥壁的裂缝外透进来的缕缕的风丝，把微弱的灯光吹得摇晃不定，灯光里那几朵黄白相间的不知名的花儿露出了一种幽冷的惹人怜的可爱！她很想就在这个时候跪下去深深的祈祷，找寻她幻想里的幸福。但病了几天的儿子不能不给他向她所认得的唯一的黄牧师娘乞些施济穷人的药品，今晚上的比较隆重的祈祷会她也得到那里参加去。她静听外面怒吼着的风声，冷的预感立即袭上心头，无抵抗地她起了一阵寒战！

"我应该去了，莫过了晚祷会的时间！……"阿娥这样自语着，立刻鼓起勇气，披上她唯一的破外棉袄，俯视一会那紧裹在破棉絮里沉沉睡去的儿子，按一按他灼热的额角，熄灭了灯，便走出外室来。

"三妈！你睡觉了吧？"阿娥站在同居着的王三妈床前。

"阿大还没回来呢！不晓得今天的小车子又推到那儿去了！……我哪里睡得着？"年老的三妈由棉絮里透出来的声音，微弱得几乎听不清楚！

"是啦，阿大哥还不回！……三妈，谢谢你替我关照一下小囡，我要到离这儿很远的牧师娘家里赴晚祷会去，总要两三点钟后才赶得回来。好三妈，阿囡醒的时候，谢谢你替我哄一哄他，说娘到外面买东西给他吃好啦！……"

"呵唷！天这样黑了还到外面去吗？外面的北风多利害呵！……"

"冷我是不怕的！明天是圣诞节啦，三妈！……阿大哥怕快要回来了，在路上碰到他，我会喊他赶快些回来！……谢谢你三妈！我去了……"阿娥把那单扇门拉开了，外面的狂风找到了一处可以再给它膨胀的罅隙，很猛烈地吹打进去！惹得三妈拼命地卷紧了棉絮战了一阵！

全身的衣服好象立刻变成坚冷的铁质般，连心窝里的暖意都消失去了！密针似的狂风向脸上扑来，紧紧躲在袖筒里的十只指头就象掉在冰窖里般发痛！阿娥在那黑得瞧不见路道的小径上走了几十步后，才跑到那条清冷得只有几盏街灯点缀着的马路上去。街灯虽然是那样的昏黄、凄冷，但那好象一朵朵的火炬般把她的勇气添上，寒威也退减了许多。

"感谢上帝！呵，请您赐给我热力！"阿娥把两条冻得快要僵硬的腿加快地跑着，刚才完全给寒威冻麻了的脑袋开始在描想着牧师娘家里那陈设得十分讲究的厅堂——壁炉里燃着熊熊红炭的和暖的小会所，美丽高贵的各种挂在壁上的圣像，……接着是开会时牧师们演讲着的虽然不十分听得懂但会使人信服的教理，神话，姑娘们的仙音也似的赞美歌声和音乐……血开始在她周身急激的循环，冷的战栗渐渐地弛缓了！

阿娥她是个诚朴且简陋的典型的中年女工，也是个虔信的基督教徒。她的丈夫死掉了，她没有戚好，只有个七岁的儿子和幻想里的基督。她的半生虽然已经受尽了世上多种多样的痛苦、悲凉和惨酷的待遇，但她还是那么的勤苦、忍受！她在丈夫死后便信奉了比她高贵、幸福、智慧的牧师娘的说教，信仰了梦幻里的天国。她没有愤慨，不敢怨尤，只有很屈辱地，谦卑地接受着一切外来的压迫、欺诈和凌辱！她的脑筋和腰骨因了整天过于劳苦的工作而感到疼痛，她的工资因了工头们的吞蚀和延搁而使她和儿子老也得不到一餐温饱，更因了不能抚养儿子，整天把他掉在那荒野的室外或小泥屋里面，使营养不良的儿子三天病了两趟，病了便没有看护没有医药的只让他静倒在那堆稻草上！……这些，这些只使她悲苦地流泪，流着泪悄悄地祷告！有时她虽会怀疑着自己所信仰的慰安是过于渺茫，幻想里的天国是那末遥远！但这怀疑总得不到明白的解答，她的哀心也不想把它明白的解答出来！她是那样的不识不知，她找不到真正的别的出路——可以解救眼前身受的痛苦和为前途奋发的目标！她只好信仰着冥冥中的神祇，希求着描想里的天国，她只有忍受，忍受！她的泪越惯流便越容易流，她的祷告的次数还比流泪的多了几倍！她是黄牧师娘认为值得怜悯的忠顺的奴婢，同伙们认为可以模范的刻苦的工人，她是生活在现实的地狱里而痴望着空虚的天国的可怜的妇人！

转过了弯角，阿娥跑到有车马行人的×路来。这儿是×路电车的终点，两旁都有大小不等的商店或弄堂，狂猛的风势给它们遮杀了许多。一辆电车刚好停在身旁就要开行，她很想跳上那最后的拖车厢里去舒适一下，但她晓得袋里所仅有的几只铜板是要留下来买点糖果或玩具带给儿子的。儿子终年都没有吃过或玩过一次价值几十文钱的东西，明天是圣诞节了，牧师娘去年不是说：做父母的莫论怎样穷也要给孩子的赠品吗？何况他又在病中？！……她一面想一面再看着车窗，里面的搭客们都象装在只玻璃匣子里般很舒适地谈笑着，有些却贪玩地张望外面的景物。她想起从这儿起要跑完很长很长的×路，要跑过外滩，此外还要有三分之一的路线才到达目的地，全身不觉懒惰起来！她今天已做了十二个钟头的劳工，在那丝毫不容你有别的意念或休息的喧闹的机器面前已把一天的精力销蚀净尽，加之跑了几里早出晚归的路途，此刻本应是倒下去睡觉的了，现在却在彻骨的寒风里再要跑完长远的路线，她感到腰部有些酸溜溜起来！她前走了几步又退后两步的想跳上车去，她在踌躇，但车掌已把拖车装上了车身，车里也塞满了搭客，电车又负着它另一次的使命前进了，她只好茫然地跟在它后面跑着。

  阿娥跑了一阵，跑到每天跑惯的到工厂里去的路口上。下意识地几乎把身子跟习惯向左转下去时，她才猛然记起一件事情来，这把天国的幻想立即中断了！

  "今晚恰是工友们召集开会的时间哩！就在这儿附近的阿金家里。……他们又是在讨论着对付那残虐不仁的厂主的方法吧！向他要求医治阿二嫂和赔偿她的损失吧！这一次的事情真太令人伤悼、悲苦呵！……唉，唉，可他们反抗也不见得便有效果呀！我是决定不参加他们胡闹去的……唉！阿二嫂怕没有活的希望了！……"倒卧在溅满鲜血，还照旧转动着的机器下面，渐渐浸浴在从自己身上喷射出来的血泊里的阿二嫂的映像，很清晰地在阿娥脑里涌现着！她不禁战栗了一下，眼前也昏花了一阵！她看过工友们不幸给机器辗伤或惨死的已不只一两次了，但几天前阿二嫂这一幕却特别给她以深刻的印象！

"工会里的工友们老在叫我们要反抗压迫，要解除痛苦，……这，这如何做得到呢？这不是违反了上帝的意旨么？他叫我们要和平，要忍受……不过，我们所忍受的痛苦委实太难于忍受了！自己，譬如自己也象阿二嫂般……不，不，上帝总跟着我存在的吧？上帝不是终要降福给我们吃苦茹辛的善人吗？……阿二嫂人那么的温和，那么贞节的拒绝了工头儿赵大爷的诱惑，威迫……那不是个好人吗？但，但是上帝终要降福给我们的，迟早总有一天！我要为她祈祷，为她祝福，象她这样的好人定会被延进天堂里去吧？天堂，唉……多遥远的天堂……！"阿娥一面跑一面断续的自语着；她已跑到外滩，江头狂猛的寒风起劲地向她打来，上下床牙齿相碰的声音她都听得出来，今晚上的寒威真够人忍受呵！

跑，跑，跑！紧紧缩着身子的向前跑去，到头阿娥跑进那握着这大都会的总枢纽的××路来。凭你胸中已占有怎样坚定的意念，但从那深渊似的小村落里一转进这儿来时，你的眼睛会不由地睁大起来，你的脑里会骤袭上一层出乎意外的映像！阿娥她也自然不在例外，她刚好转进这步道上的时候就象走进个和早间绝对不同的环境里！蓦地使她睁开眼睛和张着紧闭的口儿的是眼前那金碧辉煌、纷扰模糊的景物，和拥进耳朵的各种不同而混合着的音响！接着她看清了两条形成长蛇般的灿烂的电灯，在完全瞧不见的夜空中曲线似的伸展着，终于交叉的汇成一点。这长蛇点缀着它们身后的建筑物，使人感到象画图里那连绵的城堡般庞大和巍峨！把视线收拢了来，从身旁擦过的是香艳娇美的小姐、太太，高贵风流的绅士、少爷；五光十色，令人目眩神迷的是大商店陈列在玻璃窗里的物件——特别是这些物件，它象伸出几只手儿来拉她般，她不知不觉地把步伐放慢，把身子靠近它去！这些物件毫无遮隔地摆在自己的眼前，完全透明的大玻璃窗映着灯光就象失去它本身的存在，使她几次驻足凝视的时候会不觉地把自己的额角碰着它，心头痒溜溜地老以为只消伸手便可把它拿到！她开始凝视着一些光可鉴人的西洋乐器和有画图做封面的书籍，但这些不会引起她的情绪，她不晓得它们是什么东西，只略略看一下便跑开了！在一些古玩和玉器之类的窗前站住，那雕镂得玲珑精巧的小牙象或别的形象都使她感到人工的可惊叹；在一处挂着好看的杂用东西的窗前又使她勾留了几分钟……她虽然曾经在这儿跑过了几多次，但那都是白天匆忙的时间；只有今晚，她觉得这儿的晚上处处惹人的眼睛，怪特别的！她想起这样东瞧西玩会延去多量的时间，她只好决心地拽开大步，让纷华可爱的物件由眼角恍惚地溜去！

　　阿娥渐渐感到眼前的一切越前进越是光明，等她把视线由身旁投射向前面去时，那恍如白昼、闪烁耀眼的几座庞大的完全象火星装成的大公司已涌现在眼前了！这使她的心头跳动起来，她仰望这天国似的闪烁着的高耸在黑空中的圆或尖的塔，忽红忽绿的火炬，她呆视了一会！等她把头低下的时候，她急把身子挤进有无数男女围观着的大窗饰前面去。

　　"呵！多好看的玩具呵！……"阿娥夹在人丛里忘形地赞叹着！窗里面装着一座比去年牧师娘家里肚大得多的圣诞树，绿的松针里挂着各种华贵、精美的孩童恩物，有穿着真的绸绉制成衣服的西洋囡囡，有斑斓的小野兽，有不知名的许多可爱的玩具……树上还缠绕有闪眼的金银的链子，很精巧的小灯、小铃……五色的电灯映照在这上面，由那不同的光波里令人感到不同样的爱玩。这些，她晓得这些都是特为圣诞节陈设的儿童赠品。她想起她的阿囡来！她忘怀一切地把做母亲的意念打算着从这些里面给他拣买一件带回去。她细细地玩看着这一件又是那一件，这些都各有它可爱之点，都适合做她给阿囡的赠品，她不能够定夺，她有些茫然了！

"呃！……"从完全没有注意只感到耳际充满着观众们的啧啧赞羡声中，忽然浮上一阵争执似的语调，突地一声孩子的哭喊声把注意力集中的观众们都转换了目标，阿娥也猛然地回过头去！她看见一个比她穿着得好的妇人拉着个五六岁大的孩子想退出这围阵，孩子象因母亲不给他买这些玩具反而挨了耳光般，尽哭喊着不愿离开！

这把阿娥的意识弄得清醒起来！她觉悟到自己袋里所仅有的铜板，她以为这样好看高贵的东西最少也要三四只角子的代价才买得到的。还有，她自到上海来，这几年也没机会进过一次这样的大公司，就算她有了角子，她又怎敢穿着这样褴褛的衣裳，跑到里面交易去呢？这最少也会给那满脸凶光的守门巡捕赶打出来的！她想到这里，两条腿不由的跑了开来。她仍旧是那样懦弱、愚蠢！她以为自己这样的穷苦、卑贱而希冀着她所得不到的东西是过于奢望，过于不安分了！

跑过这公司的大门，瞥眼里她看见里面正有许多华贵的仕女们买这样、购那样的憧憧来往。但大门的两旁正站着两个可怕的巡捕，她不敢多看一眼地连忙拽过去。

阿娥跑了十几步又不自觉一连地跑向一面大玻璃窗前去。起初她不想挤进人丛里，只在步道的边沿上站着。这窗里的东西又自不同，一堆堆圆或六角或……的象白雪制成的块体上面都搁有红的玫瑰和绿的叶儿，或者是别种的花朵。这些都做得美妙、鲜丽，使她以为那是什么活花缀成的玩品！但由观众们的论调中听来时，才晓得它们都是糖这一类制成的食品。她跑近去细看时还看见这儿也搁有去年牧师娘家里有着的圣诞糕！不过那就没有这么大，这么好看！

"这也是给他们有钱的圣诞节吃用的食品呵！……"阿娥没有吃过这些东西，她此刻尽描想也描想不出它的滋味来！但直觉会告诉她那是又香又甜。

"我的一生定没有吃这好东西的一天吧？！……"阿娥的肚里象感到饥饿。馋涎在舌上不住的汹涌着，眼光里不自觉地发射出贪欲的光线来！

"这么大人了还贪吃么？……"她自己轻轻的笑着，想把这笑来缓和那虫般侵蚀着的欲念，但她的眼睛依旧没有离开那上面！

"他们吃了好的饭菜还要吃这样值钱的饼食，我们呢，却连三餐的大饼稀饭也吃不够饱！他们整天闲暇，我们终年辛苦！为什么呢？上帝不也是说：人类都属平等吗？……"这在平时会以为是妄念的疑问此刻在阿娥脑里膨胀着，赶赴晚祷会的热情早已给她忘却，她的神经正为这些诱惑所刺激而突奋，同时也感被彻骨的寒风透进那酸溜溜的腰部，一阵阵不住的抽痛起来！但她沉醉在眼前的憧憬里,她再恋恋不舍地转向那挂着衣饰的窗前去。

抬起头来瞻望时就使阿娥几乎吓得一跳!那高可丈许的玻璃窗里正站着一位天仙也似的外国小姐!她嫩红的面颊衬着金黄的柔发,微微地侧着头部在斜睨观众。她的两只臂膀和胸部完全裸露,这上面绕着浑圆的珠粒。披在她身上的是一袭轻纱也似的灿烂夺目的红裳,她的纤手正提起裙端的一角,姿态满有风情地娇媚的样子!……

"呵哟!这可不是活的外国小姐啦!……又是蜡制成的大玩具吧?!……"阿娥把鼻头贴住玻璃窗地凝视了许久,许久,小姐的眼睛丝毫没有溜动,姿态也完全呆定,这才使她恍然大悟起来!

"这真和活的外国小姐一点不差呵!……"阿娥的惊叹的声音弄得前后左右的观众们都哄笑着。她不好意思地把眼光慢慢溜开。身子也退缩出来。她的那对已经燃着欲念的眼睛立刻给右边那窗皮货吸引了去,这些毛茸茸的兽皮使她越看越感身上的寒冷!一个野念袭上她的心头,她希冀着把自己这时冰冷的手掌伸进去躲在那雪白的长毛里,抚摩着它,一阵温柔和暖的软意便会由指尖立刻流进自己的全身来!她那样的痴想着,两只手儿竟下意识地由袖筒里伸出来!完全没有触觉的指尖碰到坚硬的玻璃是一阵针似的刺痛,心头也跟着跳了一下!她眼看着当前的毛茸茸的一堆,但这一堆好象有无形的几千百层铁壁给它遮住。你明明是看得见,甚至几乎是闻得着,可是你终于碰不到它,也拿它不到手。它就是顽皮的孩子般特地把香甜好看的糖食炫示你,假意说要送给你，一等你心里痒得煞不住而伸手近他的时候，他便会给你一个耻笑而把糖食带走了！

一种毒菌般的欲念，象白纸上给洒下墨水而滋开着般，在阿娥脑里繁殖起来！

"为什么呢？……为什么他们少数人穿了这样温暖的皮衣而高坐在密不透风的汽车里，在烧着壁炉的厅堂里；我们呢，我们却一辈子只穿着这破烂的棉袄在寒风里战抖！我们没有衣服穿的人多着呢！还有许多失业的工友、乞丐……！他们，小姐们穿着那样高贵华美的衣裳，但我们呢，我，唉，我自己年青的时候也不曾穿过一件那红格子的花布衣衫！唉，……年青时一直苦到现在……"蓦然地，那几幕幼年时曾挨着饿跟姊姊在雪地里向人家讨饭吃；年青时给丈夫——凶狠的丈夫——打骂后，在深夜里一面啜泣着一面摇着纺织机；以及丈夫死后所历过的更为惨刻的印象，都在脑上闪过来！她越追忆过去越炽热着眼前的欲求！她偷眼看看身旁的观众，他们有比她高贵许多的人物，也有和她一样或比她更加不如的褴褛者。从他们的眼光中她会了解到他们胸里正有着和她同样的欲念——特别是一位叫卖着一小木盆削了皮的荸荠的女孩子，她象忘记了自身的使命般只一面战栗着一面眼不转睛的注视那窗里站着的外国小姐！

"为什么呢？为什么这许多的群众们都想得这些来御寒而不可得，公司的老板们却尽紧紧地把这些占住，把它留下来供少数的贵客们兴之所至的享用呢？……这女孩，她怕只有十二三岁的年纪吧？她离那渺茫的天国更比我们遥远了！她要挨的痛苦，要忍受的压榨还比我们更多更长呵！而且，我的阿囡呢？

他，他……！我们在地上所忍受的苦厄太多了，太多了！我们的天国在哪里呢？那怕不是比我们高贵，比我们有钱的牧师娘所编造出来的吗？……我给骗了，给他们欺骗了！我，我们已经忍受的痛苦委实太多了，我们要找求现实的地上的平等慈爱……我们要吃得饱，穿得暖！……"那些毒菌尽腐蚀了阿娥那故陋的脑袋，她体验到未尝象这样燃烧着的欲念的可怕了！她的梦幻里的天国正似已给惊醒来的噩梦般已经越是模糊，越是遥远，轻烟似地完全飘散了，消失了！她只执着地要满足眼前的欲念，燃烧般的欲念！

"同伴们呀！不要懦怯，不要游移！勇敢地，尽死力地向前进去吧！……一切都是我们的，我们劳力得来的！向他们安坐而得者手里夺回来吧，抢夺回来吧！……"象天启般的，这些平时所不大经意的工友们的呼喊忽然在脑里复苏，在耳际浮现了！这把她那近于麻木的灵魂震撼着，火般的欲念更加猛烈起来！

"呼呼！……"一阵尖锐刺耳的汽车声在阿娥的身旁怪叫起来！这狠狠地象把她从梦魇里给惊醒转来般，把她那兴奋得有些迷惑的脑袋猛刺了一下！同时身子也给缩拢来的观众们拥挤着，向后倒退了两步！汽车恰在这儿停住，两道耀眼的车灯光很猖獗地向观众们直射着。车门已经打开，一团象家庭模样的中年男女和两个小孩子由拉开了的公司门里嬉笑地踱将出来便走进汽车里，跟在后面的两个捧着大包小包的人员也把这堆东西送进了去。阿娥的两眼狠狠地由车窗外注视着那堆东西，她瞧不见包扎在里面的究竟是什么，但她晓得那定是这些她所希求着的东西！汽车从屁股后放出了一阵着臭味的蓝色轻烟便又怪叫地驶去了。

　　阿娥的燃烧着的欲念渐渐变成了愤懑的毒意！她妒恨这个家庭，那美丽的母亲，活泼的孩子！她忽而连这些想得到手的东西，热切地想自己享用着的东西都厌恨起来！……一个变态的异感突入她沸腾着的脑海，内心的怒吼快要从唇间溜出，她想进力地大声疾呼，喊这些涎脸痴望的观众们攥出了他们的拳头，鼓起人们的野念，向若有若无的玻璃窗猛碰，撞破了它，把它击得粉碎，把里面的一切都抢夺出来，把来掉在路上让车轮碾坏，让人足践踏……

　　"滚开去，猪猡！在这里鬼鬼祟祟地阻碍人家的进出，滚开去！猪猡！……"雪白的枪刀在阿娥的眼前一闪，那个守门巡捕由门里伸出上半身来向观众们怒骂后又闪进了去。他的光亮的枪刀在背上闪了几闪，把阿娥从热狂里清醒了一些！

　　"这，这是不行呵！……"阿娥感到自己这样的意念是太于浅薄了，会马上遭失败的！"这些东西都是我们工人的汗血制成的，毁坏它做什么呢？我们要得到它，要把它全数的夺回来！……可是这要怎样做法呢？我……我们……"阿娥的意识有些模糊，有些彷徨，有些失望起来！

　　"对了，对了！我应该参加进工友们的集团，和他们取一致的行动！他们能够指示我们怎样反抗，能够帮助我减轻自己的痛苦！我们，工友们通通联结起来便能够把压榨反抗了，把他们占据着的东西抢夺回来！我要找求世上现实的天国！……呀！我得赶快去跑到阿金家里参加他们的会议，到阿金家里，到阿金家里找寻我们的幸福！……"阿娥的心房重新跳动起来！她的全身有了新的生命力，她把握到真理的臂膀！她丝毫不感到冻冷地在寒风里向原路跑回，她跟着脑里那线光明的希望前奔！

　　　　　　一九二九，十二，二四——上海。

# 重新起来

一

——那便是上海么？……快到了上海么？

小蘋紧眯着两只大眼睛，沿着她的同伴的指尖望去。指尖因了他全身的跃动而跟着摇晃不定，这使她的视线上只有一条灰色的东西在上下浮动。这样再费力的瞄望着，许是自己的幻觉也未可知，到头在那灰色的线条上浮漾出几点连缀着的小黑点了。

跟着这小黑点在脑中涌现起来的有万千件还没有组织成功的意念，纷扰着，弄成模糊的一片！

把眼睛一睁开，一切便象在空中飞逝了去的苍蝇般，毫无痕迹的迅速消灭了。眼前依旧是灰白色的天空和苍茫无限的海水。

镀上了淡黄色的太阳给云团遮住了，透出来没有光彩的脸孔在波面上起伏着。

天空是任你怎样瞭望也瞭望不出有什么不同的变化的，尽是灰白着，灰白着。

深蓝色的海波给驶过去的船身画上一道白的泡沫，有时就溅得很高，"沙拉，沙拉……"地响着。

这样的景物似乎很容易撩起人对于未来的憧憬吧？刚才在舱里把小蘋从睡梦中挽到甲板上来的、兴奋着的这个同伴，也不知从什么时候起停止了他的口讲手画，沉默着，尽让身子跟了船身的簸动而慢慢地起落着。

——什么时候才可以抵岸呢？……

有些惘然了，但小蘋可没有对她的同伴说些什么。

这同伴叫炳生，和她只认识了整整的三天。又苦又闷的统舱便是他们晤会的所在。

下船那天，她把送她下船的朋友又送上船去了之后，惴惴地抱着膝头，在污秽黑湿的统舱里开始观察着她新的环境。那时，跑进一位这样穿着学生布服，年纪比自己约差一两岁的男孩子（？）来了。他也是孤零的搭客，彼此互相向对方默认了一下也没有打招呼；但沉默都不是他们俩的习惯，船开行的时候，他们交谈着了。

孤独的旅客间本来就很容易变成厮熟的同伴，而舱里那几个讨厌的小商人们又和两人好象画上一限界线，还有那可憎恶的舱里牢狱似的令人难堪，不得不跑到甲板上挨着冷风的。这样，在沉寂的甲板上，有他们两个孤零的影子了。

在这以茫茫的天海为背景,只有涛声和浪花飞溅起来的甲板上是死寂不堪的,为要免去两人间的相对默然,各人都把关于这新的环境的一切作为谈话的资料;其次是对对方已有了相当的认识而还想满足探求他的身世的好奇心。虽然各人都想隐瞒着自己的难以告诉一个陌生的同伴的过去的遭逢,但在对手那满含诚意倾听着的态度和极想知个明白的深沉的眼光之下,自己都绝无遮拦的,极想一吐为快了。

一次,在她询问对方为什么要到上海,和到后又有什么目的的时候,他很拉杂的这样说着:

——在免费的教会学校小学毕业了,涨满他妈的一脑袋天父耶稣,那时自己是十五岁了,那把爸爸自三十多岁——有着两只粗大的臂膀的时候,真是两只粗大的臂膀呀!……谈锋转变了。

——你说我怎么还记起来么?这让我向你解释一下罢。我刚出世的时候,爸爸是由村里被迫着私下逃到城里来当工人哩。母亲和我们两兄弟穷得来快要变村里的乞丐了,忽然,抛了两年家的父亲又悄悄的跑回家来,穿着一套蓝色长裤子的衣服。我是记得的,那时村里很少人穿这样的衣服呀!他带我们到城里来。

——到城里来后这陌生的爸爸好象又看不见了,而母亲却天天都坐在矮凳子上低头刷她的纸箔,飞动她的左右手,忙得来一些儿也没有照顾别的事情,只让我自己在她身旁蹒跚着绕圈子跑来跑去,不然的时候,便叫哥哥来带我一同在草屋的门前,在污湿的泥堆上或大沟渠的旁边玩耍。我好象没有什么父亲和母亲哩!但现在一想起来我是明白的,当工人的爸爸不是整天都做了十多个钟头的工作么?而我呢,小孩子不是天亮透才起身,夕阳还没有降下便又睡去的么？所以呵，没怪那个时候老是没有碰到爸爸的机会呢！

不过，晚上有时也会醒转来的，哭醒时母亲还在昏暗里刷她的纸箔，而爸爸便给我一个模糊的印象了。他似乎才回家的样子，在土灶上的煤油灯下吃他的酒饭。"不要哭啦！小狗种！……起来跟爸爸吃东西吧！"他这样说着，有时还走过来把我抱起，让我坐在他的膝头上自由地抓吃灶上的食物。那大约我已有四五岁的光景吧，不然何以会清清楚楚地记起来哩！我满足地吃着花生米，打量着那陌生的父亲，我注意到他横在我胸前的粗大的臂膀了！那上面粘着许多汗污和墨迹，肌肉茁壮得有的隆起又有的凹下，还铺满许多可怕的毛发！我感到奇怪哩，母亲的两手是圆形的，瘦削的，而哥哥和我的又都是细小得很！为什么单单爸爸的臂膀是那样特异呢？……

——现在，现在我可明白了。他那时开始在一个锡箔的小作坊里作工，整天运用了长久的腕力，所以两只臂膀便特别地发达了。

——可是后来呢，后来我一天天的长大，而爸爸的两只臂膀却一年比一年瘦削下去，只剩一把枯硬的骨头，露着上身时，那一堆堆的肌肉是没有了。而他的工作也渐渐纡缓，赚的工钱也渐渐减少了！……你想，这为了什么呀？爸爸的汗血、肌肉不是给一下一下地打进铁锤下面的锡箔中去，而走进坊主的肥肚子里边吗？……听说"打箔"这工作是很吃力的，每个年富力强，水牛也似的后生只要弯着身子，用力打不上三五个年头，便会全身的精力都消耗净尽的。

——而"打箔"是怎样的打法你可晓得么？那是呀，把一块很小很小的锡片，用铁锤来把它一下下的打压下去，一直使它展开到很大很大而薄得来蝉翼也似的一张锡箔，虽然中间也使用碾轧的法子，但都是凭着人的气力把它弄成功的，这便是拜神用的纸元宝上面的锡箔了。

　　——我的话可扯得远了！……我对你说我已长大到十五岁了，就是那小作坊，那把爸爸自壮而老，吸收了十多个年头的血汗的小作坊，又在张开着它的大口要把我吞进去了！十多年来的坊主已变成有田有地的财主，但小作坊里依然是把人力来产生它的出产物！爸爸因为自己干着的工作太辛苦了，哥哥十三岁的时候，便送他做了染布间的学徒，但那样的生活也不见得会比"打箔"好，为坊主们做牛马是同样受着极量的压榨的！于是爸爸想：我是他传授父业的令子了，他可带我进去做工而不用再过学徒的惨酷生活。可是呀！你说我愿意么？受了点小资产臭的教育的我，真不高兴挨那样鄙陋惨刻的工人生涯呀！我说；我要升学，要读书，要希望将来，穷苦是穷苦透了！但爸爸把我打骂了好几顿了，虽然听他的口气也在羡慕着绅士阶级的读书人，但实际的能力真做不到呀！总有免费的教会中学可进，自己的肚子再不能免费便可得饱呀，已经念了几本臭书，晓得"希望"这东西了，我只是追求着这希望，好几次给父亲抓进坊里，又溜着机会跑出来了！

　　——而这个我们的幸运是来了，来了，这你是晓得的，革命的高潮在中国，在那城里澎湃起来了！工友们组织了工会，哥哥是里面的一员。好不开心呀！斗争，斗争！工人得到加薪了，生活能够改良了！爸爸虽然不懂得什么，但他的脸上也挂起笑痕了！哥哥读着夜学，也把我领进革命同志所创办的平民中学去念书，在那儿我抛弃了那装进在脑里的坏透的东西，换上新鲜的了。纪念日一到来，哥哥们和我们都执着旗帜向敌人们示威，喊着，跳着，好不快乐呀！你定干过这样伟大的工作罢，你们农民的革命不是比工人还更热烈吗，在我们T江流域这一带？

……然而，唉，跟着到来的高压政策把我们摧残殆尽了！……你不要急呀！哥哥是幸而逃免了，可是父亲和我便以嫌疑犯的资格给坊主们送进牢狱去！牢狱的生涯是惨酷得连想都想不到的，爸爸终于在狱里死掉了，死掉了！……你，你为什么这样激动起来呢？你也有了同样的遭逢是不是？

——后来么？请不要兴奋着，我便再讲下去罢。同年的八月，我们×军恢复了那县城，我出狱了，变成真正的小同志了。我们干着，干着！有一次到故乡找寻母亲，但她已不知下落了，几个月来的丧乱穷苦把她弄死了！……你伤感着么？他们的牺牲是历史的必然，而况他们并不是革命阵营里的人员呀，死了也只好算了！……我是个热情的青年呢，但我的热情只有输送给我们的事业！可不是么？

——×军在T江失败了，跟着它我流浪了好几个省份，现在它的声势又浩大起来了。但我是给负上别的使命，到上海，到那儿和哥哥们一同秘密干着我们的工作呢！……

——你，我相信你是我们的同伴，请把过去也详细的告诉给我罢，我们的旅途真是寂寞死了！……还有，到上海之后我把你介绍给我们的同志，我们一同站上这条战线上罢！你高兴？我晓得你定高兴的呵！……

............

　　象这样冗长的谈话就不止一次两次，谈到革命，话匣子一开便很难关闭的，有的时候他们都忘记跑下舱里去吃稀饭，过了时间便只好挨饿了！

　　小蘋离开革命的怀抱有整整的两个年头了！环境决定了她的心情，如果说她没有一方从学理上紧紧的抓住那种意识，那她的热情或许会给时光的轮子磨滑了它的尖端的！

　　她有着爱人，有着从前热恋着的同志而现在是逃亡上海的爱人。他已得到固定的生活，他叫她来这儿一同温着过去甜蜜的美梦。她来了。但她没有失去所把握着的意念，她的胸头蕴藏着要斗争的烈焰，这烈焰只在找着爆炸开来的机会，她怎能消沉下去地过着梦里的生涯呢？

　　而况她脑里映现着的还有过去不能磨灭的伤痕，整个血淋淋的农村不断地荡激起她的追忆！

　　这同伴的谈锋便是她的导火线，现在她已碰到重新站上战阵的机会了，她要紧紧抓住这机会，而也要推动着自己的爱人一同走上这条道路。

　　她决定到上海后的生活。

　　——你在想着什么呀？！……

　　小蘋回过头来。

　　——那你呢？……哈哈！……我在打算着抵岸后的路径呢，虽然也走过了好多地方，但复杂的上海可还没有到过呢！

　　——你太热盼着要到上海啦，怕还有好半天的海程是不是？

——真的，我太高兴了！……这儿的晨风冷得很，你还是到下面多睡一忽罢！

他完全象弟弟在爱护姊姊的口吻。

——我今天多穿了件绒衣了，不觉冷。睡也不想睡了！……你瞧，浪花真溅得高呀！

——那真象我们为革命溅起的血花呀！

——不过我们的血花是鲜红的，热烈的，留下痕迹的；而这只是渺茫的，溅起来又消逝下去的呀！

…………

他们的谈话断续着没有休止。


## 二

"杭育呵……杭育呵！……"

——哟！多伟大的啸声呀！这是我们劳动着的合奏曲。

灰白色的天空下面，横画着无数滚滚的黑烟，突出在笔直的烟囱里，烟囱们是竖立起来在整千整百的动力上面。

——哟！这是我们跃动着的图画！

太阳依旧只有透出来淡黄色的光辉，是郁闷的春天的中午。虽然江面的冷风尽吹打着秃似的街树，但这微弱的阳光却放射着一种不可捉摸的，春日午间的闷燠！

灰白色的天空下面，在眼前，耸着城堡般巍峨的建筑物，士敏土似的颜色恰和着这样的天空，衬出很是沉重的氛围气！

——这是一切罪恶的堆积物！那闪着金光的尖塔是劳动群众血汗的升华，他们的鳞鳞白骨给这些填成了基石！……

　　燠热中渐渐令人兴奋了！

　　——加入我们的同伴中去呀！多可爱的同伴！……喊醒他们一同战斗起来呀！……烟囱是我们的，黑烟要为我们弥漫整个的天空！劳力是为我们自己使用的，啸声是我们的呐喊！……

　　…………


　　刚一上岸，码头上的形形色色把小蘋的情绪转个天翻地覆了！现在虽仍是被揽在爱人的怀里，但刚才船里那蜜似的温情是消失无遗了！新的激刺荡起潜伏着的烈焰！

　　巍峨的建筑物拖着它的阴影在地面，蚂蚁似的工人肩了比他们身体还要庞大一两倍的货物，来来往往地在阴影下面交织成一条小河，流进那一一张开着漆黑的大口的货房里去。混进这小河里面的还有笨重的货车，它的着地轰隆的轮声和工人们呼喊的啸声也混成一片。

　　码头的起重机下面麇集着另一团蓝色的工人，他们节奏的啸声跟着起重机的上下在江面上浮漾，和这啸声合奏的有辘轳的滚着的喧音！

　　多量麇集着的劳动群众使小蘋忘记了个体的存在，她爱的是集团——是一同匍匐在恶势力下面而挣扎的集团！她忘记了自己了！

　　她的左半身几乎给爱人完全揽在怀里，但她整个炽烈的灵魂已飞进那蓝色的一团团里面！

"杭育！……杭育呵！……"这样的啸声里面好象渗有自己的气息！

给爱人挽住的左肩上也象分载着若干重量！

——战斗呀！我们需要战斗！……

这样的喊声险些从她的胸头炸开来！

爱人似乎感到在怀里的她有些异样了！但他只微笑着闪看她的大眼睛。这眼睛射耀着三年以前那种烈火似的光芒，但不晓得为了什么，现在他感到这光芒有些可怕的样子。

他看着马车夫怎样的搬来她的行李，不再注意到她。他以为象她这样兴奋着的表情正是一个未经旅行的农女，第一次踏上上海时所应有的现象！

微笑还浮上她的心头，一种顽皮似的幸福的预感在里面跳动！他打算着如何回家后便立即偕她到繁华的马路上逛跑，带她观看着，尝试着未闻未见的东西。自己如何来享受她那孩子似的惊叹的神色，和从而张大其说地自己对她炫耀着的高傲！……而今晚上，还有今晚上他再也不用跟着别的女人香艳的肉腿，孤零地在夜市上流浪了！

——我们坐马车回去吧！马车，你没有坐过的马车……

他依旧挂着温情的微笑，挽着她跑开了。

——呀！……

醒觉过来了，她把兴奋着的大眼睛对他凝视了一下。她想向他述说自己此刻的心情，想挽着他一同参进那蓝色的一团团里面去。

但她总没有说出什么！他满脸温馨的神情告诉她那是不可能，

在这样的爱人的腕中，那种念头定着起对方的诧愕和失意的！

歧异的萌芽在两人间闪上影子了！

——马车，呵，我不感到疲倦哩！

她有点茫然的样子。

——怎么？你想不用马车跑回去么？这儿的地方不比家乡那么狭小，跑到家里就要三几里路远呵！……本来还想坐汽车的，但这马车夫委实等我们太久了。

她沉默着。

——还有我那个同伴呢？……他走了么？……

她好象记起来有许多话要和炳生说。

——那孩子么？……你怎会和他认识呀？你们不是在船里已说了再会么？

——我们从S市一路同来的，他是我们忠勇的同志呵！……我忘记告诉他今晚上或明天便要到我们家里找我的！

——真是，你为什么这一趟要趁着统舱来的呢？寄给你的旅费足够坐二等房位哩！……在统舱里就容易碰到那班流氓似的东西了，说什么好同志呢？你是初次出门的呵！这一趟我真担心呢！……

——你的旅费我通通带回来还你，坐统舱是我自己愿意，是用我自己在P村存下的几块钱的！……请你不要抹杀了别人，有那样的流氓我才要认他同志哩！……

不快浮上她的圆脸，她挣脱对方的手腕自己跳上了马车。

——你恼了么？我的小蘋！……你喜欢和他坐谈我自然是欢迎的！不过今天我们才久别重逢哩，你不想和我多谈一些么……

我的孩子！这些时我真念你念透了！今天，天还没亮我便在这码头上左等右等地绕圈子，足足跑了几个钟头了！火船还没有来，真令我着急死了！我以为它是遭了不幸，是半途遇险，是触了礁石……种种的不幸都替它想到！呵哟！到头终给我抱住你了，现在你可紧紧地偎在我的身旁了！我的小蘋！你也念我的吧？这两年你定远远地挂念着我的吧？但现在可好了，相思在我们间溜去了！……小蘋，小蘋呀！你猜一猜罢，我的袋子里为你装着什么东西呢？你喜欢的东西呀！

他牵她的手儿摸着自己的大衣口袋。

从这软绵绵的一席话里，蜜似的温情渐渐在她心里张开臂膀了。没有倒在他怀里，听着这样春晚的轻风似的言语已经有好久的时间，自己不也是有时会渴念着的么？现在可不能不任整个的身心，软洋洋地浸进这暖流里了。

——我喜欢的东西？……是小本的诗歌吗？是好吃的糖果吗？……

她把头部在他肩上歪着想了一想。

——你可聪明哩！但只猜中了一件。

她从袋里摸出一包五色锡皮封着的东西，他替她把锡皮剥去了，投进她的口里。

——这是什么东西呀？我没有吃过的。

——是朱格力糖呢，哈哈！……还有哩，这是给你预买下来的手套，这儿比故乡冷得多哩！……怕你一上岸便会冷着！现在，替你套上罢！

他拉着她的手儿。

——你这样挂念着我的么？谢谢你呀！冷我是不怕的，我在船里天天吹着冷海风哩！

…………

离开码头，跑过冷静的地方，白马的四只蹄儿得得地把他们拖到热闹的马路上。

光怪陆离的窗饰在吸引路人的眼光，他忙着口讲手画的指示着一些华贵的女人饰物：长统的肉色丝袜，闪光的高跟皮鞋，软红浅碧的丝织品！……他这才感到她身上的装束是太于落伍了，没怪在这热盼着到来的她的身上，自己好象感到有一种失望似的心情！这套三年以前的布衣短裙现在完全没有一点爱娇的风采，象这样服装的女人在上海真很难找到第二个呀！

他再看着她的两腿，那是肌肉发达的一对腿儿，但无情的黑纱袜子很肮脏的把它的曲线美、肉体美完全抹杀净尽了，脚上是一对破了尖头的黑皮鞋。

他连忙计算着怎样向办事处预支了薪水，怎样挽着她到各个大公司里配置时髦的服装，怎样带她两个人一同乘着春假，到附近的江南山水领略明媚的春光……

同样的服装，景物在小蘋脑里可起了不同的意念！她感到都市的淫乐是怎样强有力的激刺着人的官能！资本主义发达的都市文明只有供给一股人以沉溺的享乐！而这些享乐便是建筑在劳动群众的汗血上面！……她憎厌这些把汗血染成的灿烂的饰物，她尤其痛恨那些勾住男性的手腕，艳妆浓抹的徘徊在窗饰前面的时髦女子！

她没有注意到他说的是什么，只默然地观察着她所接触到的新环境。而他也给自己的思潮纠住了，他们都不知不觉地互相沉默下来。

## 三

——这便是我们的家么？……

跑上了三层楼，他挽着她跑进左面的室里。从他的又是一个热情的拥抱里松解出来的小蘋，睁着孩子似的惊诧的大眼睛，旋转着身子向周遭望了又望。这室中的一切是那么的新鲜，华丽，但那于她是太陌生，太不习惯了！她从来就没有看过这样高贵精致的陈设，她绝对不需要这些！

室里的东西宛如没有准备着对这新来的主妇表示欢迎，它们都傲岸似的板起可憎的脸子！她感到说不出的不愉快，她叫了那么的一声。

这样的家和他们过去的完全不同，而也和自己曾经偶尔描想着的同居生活相差太远！她不相信自己和他便要在这样的家一同生活下去！

——为什么？这正是我们的家庭呀！……为了你的来临，为了我们以后的同居生活，几天前我才租定了这层楼房的。中你的意思吗？小蘋！你如果不累就跑到前面的客厅里看看罢！我们的东西算是完备了，我们现在有精致柔软的沙发呀！……

忽然有些不好意思的样子，他把夸张着的笑脸收缩了一下。

——你坐坐休息吧！我喊娘姨搬进你的行李来。

他匆匆地跑下去。

把眼光对一切重新估量了一番,她想着他那得意的心情,但自己何以只感到无名的不快呢?……这室中有着一架没有挂上蚊帐的铁床,上面的被子不是两年前他由乡里带来的那一条了,枕头也更换了新的,是缀上玲珑的花边和绣着好看的花儿。这床上的东西都很雅洁,精致,那雪白得来就好象没有人晚上曾经在这儿睡过。壁上挂了一幅装璜美丽的西洋裸女画片,画里的她那对低垂下来的眼睛,好象对着床上的人们媚笑!

眼睛掠到床头的一只小几上。忽然,一件东西把它紧紧的抓住了!那好似在生疏的境地里,无意中碰到了熟识的同伴般,一阵愉快冲激着她的心头,从口中跳出来了。

——呃!这是我的小圆镜子,我的影相架呀!……

把这两件东西拿到手里,先对自己的上半身影片细细地看了一下,她笑起来了!三年以前的她特别显着快活跃动的样子。本来有点突出的上牙床,因为故意忍住开口大笑的缘故,弄得上下唇紧紧的闭住,整个的脸上充满滑稽要笑的神情。她忆起那时自己就象孩子一般,这相片是于摄完了妇协全体大会的纪念影子,从技师手中夺来了镜头,他亲自为她拍就的。他顶喜欢这张照片,特地买了个精巧的相架为她装上,也在临别的时候,她把它吻了几下才装进他的行李中。

在这样的追忆中他变成过去那个可爱的辛同志了!……但现实渐渐恢复了来,她觉得现在的他有些异样了,比起从前的辛同志模糊了许多!

——这小圆镜子,哈哈!原来给他偷偷地带了来哩!在 P 村累我找了许久……

微妙的、温热的恋情袭了上来,他是这样的可爱而又这样的爱着她!他把她玩过的小镜子也宝贝似的特地带来搁在自己的床前,日夕玩爱着她的手泽。

她甜蜜的笑了!她看着映在小镜子中的自己的笑容!

…………

——太太!我来迟了,没有迎着太太请安,到外面买东西去哩!……

从背后跑进来一个穿着黑衣服的妇人,满脸油腻腻的向她笑着,又从头至脚把她打量着,手里搬着她的一只藤箧。

"太太"这称呼使她感到可怕和厌烦!她的心头有些跳动,在对手的油腻腻的眼光中袭击来一种不安的局促,她想到以后要和他一同过着役使仆人的生活便更加不快起来!

——呀……这等我自己来安置罢!

她跑前去想接过那只藤箧。

——太太,让我来好了,就搁进床帏下面罢。

娘姨出去了。

她睁了嫌恶的眼光望着那些闪着栗色漆光的椅桌。

怎么呢?萍君!你要仆人服侍你么?但我可不惯呀!

她懊恼地对进来的他说。

——你说娘姨么?傻孩子呀!我有职业要干的,而你叫我自己能够弄饭,洗衣裳么?我初来的时候吃包饭可吃得讨厌死了,又不好吃,又不卫生!……她,这娘姨不合你的意思么?

——你要干你的职业。好,现在我来了,我是闲着的,让我

121

替你弄着罢，我不是很喜欢自己弄东西吃的么？……

——那不行呀！给朋友们看了不成样子的！娘姨终归要用的！……扫地，倒痰盂，泡茶，买东西……呵唷！你的好精神为什么要枉费在这些麻烦的事体上面呀！……而且你解雇了她反而使她一时找不到饭吃，只要我们不要把她看成奴隶就好了。是不是？

——我不是拘谨什么人道主义呀！……不过我们总要自己处理着自己简单的生活的！而且，象村居时一样，我们互相处理着的同居生活不是很有趣吗？一点都不麻烦呵！……还有，我不是太太呀，我不愿意人家把这样肉麻的名词称呼我呀！……

——哈哈！这容易啦！不叫你太太叫你小姐好了。村居的生活可以简朴，但这儿是都市，没有法子呀！……

——也不要叫小姐！这些资产阶级的称呼我通通不高兴的。——她打断他的话。——她依旧服侍你一个好了，无论如何我是不愿意人家为我劳动着微小的事情，除非重要的工作把我整个吞噬了。

——真是和我为难哩！好小蘋，难道叫她喊你同志么？为什么斤斤于无谓的称呼上来呢？……那就喊你先生罢，满漂亮哩，你不是刚好做着先生来的么？……

她沉默着。

——为什么呀？我的小蘋！我们经了许多困苦别离的时间，现在能够相聚了，不应该快乐些么？看你的心情好象有些变了的样子！……呀！你感到高兴吗？为了什么呢？告诉我罢！

他跑过来揽住她。

——你才有些变了啦！唉！……

说了这样的一句，她的心头好象松吐出来一团棉絮。

在这温暖的怀抱中，这柔情的爱抚下面，这过去曾经令人陶醉的、柔瀚的海波现在真有些不同了，宛如有一层朦胧的夕雾把它和自己之间遮住！现在不但这室里的一切于她是太不习惯，就连这张开两臂揽着自己的爱人也生疏起来了，不是自己亲密密的同伴了！

把头部无力的枕在他的胸前，一种不习惯的懊恼，几乎使她象一般的女孩子般流下泪来！

都沉默着。他伸起手儿抚摸着她的乱发，这是从前他亲自给她把一条短短的辫子剪下，有些闪着褐色柔光的短发。

——这两年，在P村你定过了许多无聊的生活吧？……小蘋！你是晓得的，我是如何热盼着能够和你在这儿一同生活着的呵！我们的物质看看能够安定下去，不用担忧了，不象在P村时呀，以后有的是快乐的日子！小蘋！你不是希望着读书的么？现在有机会了，我有些朋友可介绍你进大学的！将来你毕了业，你定比我更加聪明能干的吧！

——读书，我是希望着的，但现在的我已不喜欢读那些无聊的典雅艺术了！我晓得怎样研究一些需要的学问，不愿意进学校哩。……萍君，你还不晓得呵！这两年来在P村我们有很好的机会，我读了一些连你从前也没有读过的Marxism的社会科学，那是我们的真理哩！以前我，也许你也是同样吧！只从事实或情感上需要革命，但现在呀，我可明白了革命还是学理上所必然的需要呵！你也应该多读那样的书，那会使你获得正确的意识，树立坚牢的信仰！只有信仰才不会变更我们的意志！是不是呢？……

她仰起闪动的大眼睛，希求似的凝望着他。就在她这样的圆脸上好象浮着他所不能了解的神情！两年的离别在两人间画上一道奇异的膜痕，他应该细心地把这道膜痕消灭，否则在两人间的爱情上是很危险的吧！

——是的，唉……

他低声的答着。

他的几根指头交互地、轻轻地在她的头发上面起落着，这好象轻按上风琴的键子，美妙的乐音从她的心灵里流泻出来！她虽然要燃烧起来炽烈的火焰，但她还可以需要这蜜似的温情吧？而且他也是革命的儿子呢，不要抛弃了他，应该挽着他一同跑上去呀！

——我为什么要作无谓的懊恼呢，放点勇气罢！难道他真的变了去么？……

她自己这样想着。


## 四

然而，没有坚牢的信念的人生是跟了环境决定他的意念的！虽然仅有两个整年的隔别，但存在于两人间的一切是完全不同了，这之间扩大了填补不上的裂痕了！

仅仅为了一次的口角，可怕的裂痕是不能掩饰的呈现在他们的眼前了！

那是在她到来的第三个晚上。

那晚上，上弦月很客气地从云缝中闪着光芒，晚霞拖着它的一抹余晖在天末逐渐苍茫下去，窗口吹进来春晚的轻风。刚刚吃完了晚饭，她跑上她喜欢去的露台上。

——来，萍君呀！你快来！……她象小雀般叫着，又象小雀般揽住刚走上来的他。

——多可爱的春晚呀！……你看，今晚上有月亮了。

她的声音好象夜莺。

——春晚的风光真令人沉醉呢，但这是有了我的小蘋的原故！

他吻着她闪动的大眼睛。

——你看！月亮完全涌现在碧空中哩！好光亮呀！……

——好光亮呀！……你看！那边的马路上已经耀起灿烂的灯光了！骀荡的春晚上，那灿烂的街灯下真使人沉醉极了！……快去呀！我们到街上逛逛去罢！

——不是陪你去了两晚的么？委实不愿意再去了……

她皱起双眉。

——不要傻罢！人生总要及时权变呀！快活不快活是由你的心情转变的。请不要再意识到那些唠叨的问题了！我们还是去吧！

——我真是不愿意去呵，我们在这儿看月亮不好么？

——你不是爱我的么？……我请求你罢！

他拉住她的手儿。

——那你不也是爱我的么？为什么要勉强我做不愿意做的事

125

情呢？……

——唉！小蘋！好罢！以后我定不再勉强你了！只这一次，这算最后的一次罢，难道你真地忍心拒绝我么？……

他的声音恳挚得有些颤动了！

她只好跟他一同下去。

她把天青色的法兰西小绒帽子戴上。在他为她新买来的服装中，她只爱上这顶歪戴着的帽子。

——来，小蘋呀！我替你把旗袍穿上罢！

——跑跑马路也要更换衣服，麻烦死了！

——谁叫你在室中也不喜欢把它穿上呢？老是依恋着这套旧衣裙！……不用你动弹呀，我会替你穿上的。

他象爱抚孩子似的替她解开上衣，她皱着眉头由他摆布。

——呵唷！你还整天插住这支破墨水笔干吗呢？……等下我们另买新的呵！

——不要拿开呀，这是我心爱的东西！……

她赶忙抢下来依旧插进上衣的襟上。

替她穿好了衣服，他自己穿上外衣，梳着头发，站在后面的她象很忧郁般叹了口气！

——做什么呢，小蘋！你还是不高兴吗？

他转过头来，牙梳子在闪光的黑发上停住了。

——不是呵……我想起哥哥来呢！……

——那是过去的事情了，想它做什么呢？……去！我们去罢！……

温情的他挽住她。

"为着狭小的恋情，我会忘记了我们伟大的斗争么？……"她心里苦闷着的是这些，但萦绕在对手的脑中的却是怎样来和她享乐这华灯初上的春宵！

"但我是已经决定了我的目标的，现在只有等着炳生。也好。路上或许会碰到他吧！"她展开皱着的眉峰。

他俩混进在热闹的马路上，梦般沉醉着的男女堆中了。

他的眼光朦胧着给灿烂的窗饰、华丽的女人们掠夺了去。她却只注视着身旁过往的年青的男子，看看他们是不是她所盼望着的炳生。有时也仰望着那挂在狭长的天宇上面的月亮，月亮已给这夜的都市完全忘却了，灯光下谁也没有把她的光辉放在心上。

他俩的神情很不相属！他照着样子好几次伸起手来想勾住她的臂膀，但她却挣脱了！她说那正是自甘做着附属物的女人的表现，恋爱绝对不需要这些举动，她要舒舒服服地自己跑自己的路！……这可恼了他，但他还是很柔和的尽附住她的耳朵说着甜蜜的话儿，想引起她的情趣！有时在一两面窗饰前他便停住了脚，转过笑脸去想对她品评里面的东西，但不识趣的她好象毫不在意，早已从身旁跑过几步远去了！而他也只好嗒然地从后面赶上。

从后面他观察着她，在眼中的是一个粗率无文、小孩子似的女子！时髦女人娇贵的姿态不要说从她身上抽不出一丝来，就连女人所必有的旖旎风情也一点都找不到！他再凝视着她的大眼睛，那在三年以前是闪动着夺去他的生命的光辉的，但现在它虽然依旧放射出一种光芒，而在他却感到那是太于强烈了，不是他

127

所迷恋着的了！总之她已不是自己此刻所需要的娇美的小鸟般的爱人了！

然而他还是恋着她的，是自己曾经热恋着的爱人！他感到苦闷，她淡薄了他们间的爱情，好象快要从他的怀里振翼飞去的鸟儿了！

两人终于默默地，一前一后的跑回家来！

——我说，小蘋！你为什么不爱我了呢？

灯光下两人依旧默默地对坐着，他忍不住那可怕的沉闷的气压，颤着声音说了出来。

——呀！这苦闷了你么？……萍君呀！问题并不是我们间有谁不爱了谁，而是你我间已罩上不同的幕幛了！……你忘怀了革命，你把我们间一同生活着的要素抛弃掉了！……

她望着他苍白了的脸孔。

——革命？……唉，为什么它会在你脑里象生了根般固结着呢？它委实太使我伤心了，我厌恶了它，我对它绝望哩！……几多高贵的生命为它牺牲，为它受尽残酷的灾祸！但现在有芥子般大的成效吗？到头它能给我们一点什么呢？……

——不对呀，不对呀！你，你何以会幻灭到这般田地呢？勇敢的牺牲者正有他们伟大的代价，整个的劳动群众不是天天在向上，革命的高潮不是重新就要到来么？……萍君呀！你离开了革命的怀抱，离开群众的怀抱！可怕呀！你已忘记了我们的事业，而它也把你遗弃了！……你赶快承认了你的错误，把你的悲观、动摇……种种的劣根性克服了罢！你呀，你往日的热情哪里去了，你真变成个浅薄无聊的落伍者么？呀，你呀！

她站起身来紧握住自己的手掌!

——请不要再说下去,不要再说下去罢!……是的,我的热血是退却了,我只渴望着我们温婉的爱情!我憎厌革命,我不需要它!……

他苍白的两颊泛上兴奋的红晕,简直象女人般倒进她怀里流着眼泪了!

怜爱的温情没有在她铁似的心头萌芽,愤恨的烈焰却不能遏止地蓬勃起来!她推开了他,毫无怜恤地高声叫道:

——你这革命的叛徒,你无聊的时候你玩弄着革命,但一等到危难当前的时候你便背叛它了!现在我看穿了你,你这毫无信念的小资产阶级是绝对不能参加我们神圣的事业的!好,现在你安享着罢,享受这由资本家们乞怜得来的苟安生活着罢,这享受都是从工人们的血汗得来,资本家吸收了又排泄一些剩余的给你们!呵,你真的不觉得羞耻吗?你的甘心享受这种生活吗?……至于我,当着我们的事业正急待努力的时候,我愿意跟着你一同过着这样卑污可耻的生活吗?唉!……你呀!……

她的大眼睛射着利剑也似的光芒,刺得他的心头痛楚不堪,大颗的眼泪从他的眼中滚下来!

——别的不要说了,不要说了!你……仅仅我们的爱情哩?爱情!……

——你还说我们的爱情吗?完了,完了!我只有爱我们的事业,它才是我伟大的爱人!

——但我们的爱情不是纯洁的,崇高的吗?……

——不,不!这样建筑在美妙的梦而其实是渺小丑恶的现实上的爱情，我是不需要的了，真是不需要呀！

——你太伤了我的心，我真痛苦呀！……

——你才伤了我的呢！你背叛了我们间结合着的意义，你堕落得使这意义毁灭了！

…………

娘姨跑上来从门隙偷张这奇异的吵闹。他捧着脸孔倒到床上了，她也跑出到外面去。


五

低湿的云团一堆堆的在漏出来的青空上移动，渐渐地展开了整个蔚蓝得象用顶好的蓝墨水染成的天空来。而在这长空的角落，那给早霞渲映得红紫灿烂的一方却张开它的笑脸。太阳虽然还没有出来，但这天空已闪耀着晴朗的可爱的春光了！

在霞彩底下，在遥远的东方，那儿耸立着笔杆儿也似大小的烟囱，在静谧的晨空里浮上一缕缕不大飘动的黑烟。

就在那些汽管吐出它在今天中的第一口气，那是晨星还在灰黯的空中闪烁着的时候，它吼动的声音把小蘋从梦中醒觉过来，这声音还混着江头汽笛的尖锐的叫声，荡漾在她的脑膜上。

"他们又在开始一天的劳作了！"从梦中还紧紧把她揽住的爱人腕里松开，她跳下床来。

沉浸在梦里的他脸上尽泛着无限温和甜蜜的笑痕。头部顽皮的斜贴在枕上，柔黑的乱发遮掩了他紧闭着的眼睛，女人似的红唇因为笑着而绽出一角细白的牙齿！……可爱极了，完全是三年以前初恋着的辛同志呀！这小口，这蜜似的温情的微笑正是三年以前，她，一个无邪的小姑娘会把他恋上的原故吧！

她不忙着穿上衣服，却轻轻地俯下去吻了他的口角。

渐渐地在这令人迷恋的温情里，不幸的暗影在眼前展了开来，把这可爱的他的睡姿掩覆去了。

走上露台，在晴朗的蓝空下面，她看见马路对过那一家院子里的柳条已点缀了繁密的柳眼了。而故乡的柳树呢，现在正是翠拂行人首的垂杨了罢！微风漾着春的气息满满地给吸进她的胸头。她想起别离只有十天左右的南国风光，更忆起多年以前，就在这样的春光里爱上了那撩动人的温情的笑脸！

明媚的春光中忽然又袭上飘萧的暴风雨，涌现起崩塌糟乱，血肉模糊的惨象来！

那是整个为革命而斗争着的故乡，和为斗争而牺牲了的哥哥、妈妈，和别的许多同伴！

小蘋是个农村的女儿，和别的农民般她血管里面流着的是勇敢朴诚的血液；但不同的是她壮健的血液里面还渗着要斗争的另一种热力！

她生长在 G 村。那是在革命发源地的 K 省，大庾岭极东极东的 T 县。浩荡的珠江支流滚滚地绕过村前，绵延数十里的 K 山麓便是这 G 村所占有着的一部。虽然依山傍水的占尽可夸的自然环境，但 G 村也和别的农村一般，过去几千年以来尽给铸就在封建的铁坟下面！

小蘋脑中没有父亲的印象！她在娘肚里的时候，他便因为受地主的压迫受不过，盲目的起来抗争而给他们弄死了！但父亲遗留给他们兄妹俩的是血液里的热力。

　　和她一道在 G 村生活着的是比她大了八岁，长成个顽健不过的农民的哥哥，和一位与别的老农妇没有两样的慈爱的母亲。

　　幼年，在母亲和哥哥被榨剩下来的汗血里，她算安和地能够在岩石嶙峋，和滔滔地流着朱红色江水的长堤上，度过了她的童年。

　　长大到十三四岁的农女了。蓄着一根给太阳晒得闪上褐色的光泽的短辫子，和别的村姑一般她不晓得广大的世间的一切，只有一个圆圆的小红脸孔和一对黑溜溜的大眼睛。

　　革命的怒涛涌进滚滚的 C 江，激荡着长堤南岸的 G 村！映进在她的大眼睛里的有新鲜、奇趣的一切了！哥哥是渐渐地不和人家打架，不喝醉了酒而叱喝母亲，骂打着她了！他好象很忙的样子，农作之后便匆匆地跑进村里的乌祠堂，和村里的同伴们或一些由别的乡村到来的客人们老是在谈论着什么，忙着什么，有时还整天不见的说是到了县城里去干着什么事情！

　　渐渐地哥哥变得越是温和了。常常笑着拉她的手儿，抚摩她那褐色的头发。他又常常地和母亲谈论一些不大明了的谷租这等事情，在母亲那表示骇叹的辞气中引起来她的注意，她也睁着大眼睛倾听他们的言论，不时的发出自己的疑问。母亲笑了，但哥哥却温和地详细替她解释，很希望她能够明白的样子，老是指画着他粗大的手腕。

　　又渐渐地哥哥忽然老捧了一些有着黑的点划的册子、纸张，在灯下紧皱起他的两眉。他说那是书籍,是世上顶可宝贵的,能够教给人们一切不晓得的东西!

她睁着眼站在哥哥身旁,把奇异的眼光默默地对他注视着。一个晚上,一阵本能冲动着她,从口中跳出来,她说道:

——这些,你看着的这些书本子既然是很好的东西,哥哥呀!为什么你不教给我认识一些呢?妈妈也认识一些呢?!……

——呵唷!女孩子也要认字做什么呀?你这傻孩子!……

还不等哥哥的回答,母亲从皱痕满布的脸上叠上憨厚的笑痕了!

——这不对呀!妈妈!……是的,小蓣呵,哥哥真蠢死了,放着好好的机会,却想不起来领你到乌祠堂的平民学校里念书!

哥哥哈哈地笑起来,他高兴得放下手中的册子拉着她的短辫子。

——真好呀,明天,明天哥哥便领你念书去!……妈妈你还不晓得哩,现在我们的世界里男孩子女孩子是一切都平等的了。为什么不呢?妈妈你做了比我们男人苦了许多的一世农妇,难道不想起来解放自己吗?……男孩子会做的女孩子不也同样会做吗?只要她们自己起来参加革命。小蓣呵!你将来定会帮着哥哥干我们的事业的!你的命运真好呢,小小的年纪便有机会认字了,不象哥哥,现在才……但哥哥可不会输给你的呵,将来我们看谁会比谁多识一些罢!哈哈!……

那晚上她的心中好象新长了两只翅膀!

明天,她穿了唯一好看的红格子上衣和黑布的裤子,哥哥粗大的手掌按住她的肩头,带她一同到乌祠堂去。他们的脸上都浮上新鲜的光彩！

——小蘋呀！你要过乡去么？哥哥带你到城里逛逛去么？……

一走出低矮的家门，邻右的孩子都围住她问着。

——都不是呀！哥哥领着我，领着我到乌祠堂读书去哩！……

她有些夸傲的样子，笑着指着插在哥哥袋里的书本子。

——好撒谎的小蘋呵！读书，你骗我们呢！我们跟着看你要跑到哪儿去！

哥哥笑起来，张开臂膀把他们叫回去。

——迟早你们都要到乌祠堂读书去的！

他说。

——阿大！你带妹子哪里玩耍去呀？……

一碰到相识的老农民，他们也唠叨的问着。

哥哥告诉了他们，但他们都笑着说道：

——开玩笑，女孩子也读书的么？

但哥哥解说了几次也不再搭理他们了。

到乌祠堂，她小小的心房跳动起来！只紧紧地拉着哥哥的衣角。

哥哥喊她坐在前厅的阶沿上，自己匆匆地跑向里面去。春晨的太阳从花纹古旧的檐角上射下，天井里两株大龙眼树开满小点的白花，悄静的空间充满着无限的神秘！

哥哥跑出来拉她的手儿进去，他很恭敬地指着一位穿长衫子的男人叫她喊"李先生"。

李先生走过来抚摩她的头发，她看见他的手儿又白又小的不象村里的农人。他很温和地笑着对她说了些什么。

到现在她还清清楚楚的记着,那天午间哥哥从田里挑了一担草儿,跑来带她一道回家去。她的心头象塞住了一些什么,饱饱地竟比平时少吃两个母亲炊熟了的土芋。

生活改变了,几十个和她同样大小的村童和整天穿着长衫子的李先生是她的同伴。乌祠堂的龙眼树下和屋后巉岩的山麓便是他们游耍的地方。她渐渐不喜欢接近早日那些女伴,她们的言谈行动都和她合不上了!

她念完了两三册印着人物的书本子,感到它的兴趣了;也学会了写字,爱把牙齿咬开那给坏的墨汁所胶住了的毛笔尖儿。

她天天夹了一两册书本和一块已经打破了的石板跑到乌祠堂,短小的辫子在脑后跟着她跳跃的时候一起一落的动着。这小辫子是乌祠堂里独有的辫子,她是他们中唯一的女孩子,她会比他们读得更加聪明些。

妹妹整天都有功课,但哥哥却只有乘了搁下锄头的闲暇,晚上读着一两个钟头的夜学。妹妹在家里坐不惯了,晚上有时也跟哥哥一道去听他们的谈话、演讲,读着他们的书籍。哥哥很容易便会明了里面的意思,但妹妹却有些懂有些不懂的只认识了几个生字。

夜里,从乌祠堂回来后,在小小的豆油灯下面对坐了兄妹两人。各人都读着各人的功课,眯着老眼的母亲也横坐在下首补她的破衣服,或者摇着纺纱的轮子。

哥哥老是紧皱着眉峰,粗大的手指不停地搔着自己的头皮,好象恨不得把整本的书籍吞下肚里去的样子。妹妹呢,她溜动着思睡的大眼睛高声地读着,或者歪着头默默地写她歪斜的字句。

妹妹喜欢和哥哥赌着认生字，哥哥老是输了的时候多，输了时他不是越发皱紧了眉头痛骂着自己便是哈哈地笑起来，拉了她短小的辫子夸奖妹妹聪明！

哥哥有一次从城里带回来一件新奇的东西！那是一根秃了笔头的自来水笔。他很夸耀地把来插在自己敞开了胸膛的上衣袋里。这打动了妹妹，她借过来试用着，试用着老是不忍拿回哥哥。但他说那是自己积下来的几只角子在城里买来的，如果她能够一连赢了他三次以上的赌认生字，那他可以割爱送给她。

妹妹夺去了哥哥心爱的自来水笔了！妈妈说小孩子用不到这样好的东西，但哥哥却哈哈地笑了，情愿让给她。她高兴得晚上一连做了好几次关于这支笔的梦！明天，插在衣襟上连跳带跑的走到乌祠堂去。

自来水笔里面的墨水用完了时，连哥哥也想不出法子！幸而李先生教给她使用的方法，还把自己的一罐墨水送给她。

从此，她不用再夹着破了的石板跑来跑去了。她整天留心着收集一些白净的纸屑，很高兴地歪了头儿，用着秃了的自来水笔写她歪斜的字句。


## 六

小蘋度着她十七岁的青春了。姑娘们在这个期间正象一朵娇艳的玫瑰，幸福和青春原是联系在一起的呀！然而我们的小蘋却刚刚是两样！她是一株由荆棘丛中茁长出来的乔木！她没有沉醉于处女的软红的梦,而是处身于洪涛烈火当中!

青春给她带来了狂热的革命情绪!

她的青春也刚好带来了中国的革命高潮,那是一九二七年的开头。G村的土地早已在铸就了的铁坟下面翻动,农民们早已在里面啸乱,看看他们快要冲破这若干世纪以来,重重地压在上面的铁墓了!

G村掀开它一页斗争急剧的历史。

现在小蘋是G村××协会里面得力的一员女斗士了!虽然刚刚是十七岁大小的一个农女,但她脑里装着的是满满的革命意识和有生以来便需要斗争的事实!帮着哥哥们领导有着千余个农民的G村来开拓它的新命运,她是协会里的文书部长和妇协G村分会的领袖。

哥哥为着努力工作的原故,忙得连自己几亩田地都无暇耕种!两三年来他们的一家三口在物质上依然过着刻苦的生涯,但兄妹俩的精神是跟了村民们改善了生活般有了可惊的进展!

哥哥把粗大的臂膀高撑起减租运动的旗帜,和村民们向躲藏起来的地主门前呐喊,走进军警森严的城里向统治者示威!妹妹却站在长堤上或乌祠堂的门口,对一些落后的农民们大声地喊着口号,热情的演讲着。

曾一次哥哥因为斗争的原故给身上受伤的抬了回来!母亲吓得号哭了,但听了这消息的妹妹还坐在乌祠堂里飞动她的笔尖,起草着重要的宣言。

从G村妇协的支部,她被选进城里总会充当常委了。

拖着褐色乱发编成的辫子,上衣襟上插了一根旧的自来水笔；圆而黑的脸上透着满满的红霞，黑而大的眼珠睁开来闪动着光辉。她身上的装束和在村里没有什么不同，不同的只有从今天起她系上了一条短的蓝布裙子。她把裙子拉得很高很高，为的是便于走路的原故。但她穿的是短统袜子，走起路来她的膝头便很不客气的裸露出来，然而她完全不打算到这些事情。

就是这样的一个农女，小蘋，她以 G 村代表的资格，到城里来的第二天，被全县各界代表大会的主席介绍着起来演说。

是第一次她站在许多不熟悉的群众面前溜动着大眼睛！有点茫然的样子了！但她即刻把握到自己，激越的声音从她口中散出，她差不多把脑袋装得满满的东西都从口中倾泻出来！

粗大的手掌在台下雷似的轰叫起来！

她跃动着小辫子走下台去时，他，县党部代表辛萍君抢着起来发言了。他说：有许多革命的知识分子老以领导者自居，看轻了工农群众！但现在请他们自己批评一下罢！中国的无产阶级和妇女对革命的认识不是已达到可惊的进展吗？象 G 村的代表便是一个好例，有谁能够比她说得更真挚、更热烈的革命理论呢？除了真正的工农群众！……大家应该一致赞同她们所提出的运动方式，她的呼声便是我们几十个工农代表的呼声呀！……

与其说小蘋的言论引起他的赞叹，那还是她那对闪动的大眼睛把他从心灵深处给熠动过来的更为确切吧！他是个小资产出身的革命者，是浪漫的、热情的青年。他受了现社会的所谓高等教育，但大学还没有毕业便跑回家乡来充当教员——那一半是因了他没落的中产家庭不能赓续给他求学的经济负担，而别的原因也是他自己对无聊的学生生活已起了厌倦！但粉笔黑板的灰色生涯更使他苦闷，而社会的黑暗面也开始映进他的眼膜！于是他把雄心收拾起来尽付之流水，他憧憬着不可捉摸的乌托邦，沉醉着浪漫的文艺热，然而这些没有使他得到安慰，象一只失了重心原力的陀螺般，在地上东突西窜地盲冲着！

而刚刚在这个时候汹涌起来革命的狂澜！于是他找到了自己的出路，他热狂地追求着能令他奋发起来的事业。

虽然只有二十三岁的青年，但前部的青春于他是无声无息的溜过去了！现在他要紧紧地把它抓住，加倍的享用这残留的青春。他需要革命，但他还需要生命所必不可少的异性的爱情！

爱情始终是神秘的东西？！它不停留在时髦的女学生，党的女职员同志，或别的美丽的女人身上，却毫不踌躇地投进在一个粗陋的农女的大眼睛里！

不仅仅为了一对闪着光辉的大眼睛呀！她全身质朴简陋的装束在他看来是另含有新鲜的、浪漫的、少女的姿态，是一种纯洁高超的神韵！

这可爱的神采深深地抓住了他的心灵，本来他的生命只有追求着热情的革命，而现在这热情中另茁长出一根有力的萌芽了！

但她呢，她不懂得这样的爱情的，她爱哥哥，爱妈妈，尤其爱整个的G村同伙们和阶级相同的无产群众！

这对她表示赞许，对她们的斗争表示同情的萍君给她是一个很好的印象，她晓得那是一位和李先生同样的革命知识分子。

在城里她依旧忙着她的工作。现在没有哥哥们来拉她的辫子或者拍着她的肩头了。一同工作着的几个女同志们，她感到她们不是真正的革命同志，孤零零地总是和她们合不上！她晓得自己是个粗陋无文的农家女，女学生出身的姑娘们定比自己高明得多。但渐渐地她推翻了这样的念头，这些同伴真使她失望！

"Miss 小蘋，今天参加军民游艺大会的演说词你预备去罢！我们到时都要表演游艺的！……"

"小蘋同志！请你把裙子放低一点可以不可以呢？会场里露出整段的膝头来是不大雅观的呀！……衣袖便要短得露出整只臂来算时髦的，但你的袖子却偏偏这样长！"

"你为什么连雪花膏都不搽一搽呢？小蘋姑娘！到城里来后还不把服装改良改良是赶人家不上的呀！……"

"同志小蘋！你的文字做得还不差，但你太不懂得艺术了！革命是需要艺术化的呵！请多读一些关于文艺的书本罢！我可为你介绍！象《飞絮》，《落叶》……这一类的文学便是现在顶流行的恋爱小说！……"

"……"

这便是女同志们对她的谈话。她看穿了她们，她们不是为恋爱、为虚荣而来革命，便是想借此开开无聊的心！她们对资本主义时代的物质诱惑不能排遣，她们完全不晓得精神上的向上！只是一团肉，一团毫无生命的专供同样堕落了的男性玩弄着、蹂躏着的肉体！

她忍不住的时候，便睁大眼睛来替她们解释革命的意义，怎样才是新女子的人生观。但她们不是撅起口唇来躲开了去，便是哈哈地把她讪笑起来！

她愤恨她们，但她更加紧自己的努力。她们整天只找着机会跟男同志们到什么地方去游玩开心，到什么游艺大会和娼妓们一同表演肉麻的歌舞；还有不是整天躺在床上抱着恋爱小说，便是镇日里忙着写情书、烫头发……她们把辛苦的繁重的工作都推到她身上，但她从来没有推避一次的，高兴着连忙干去了。

在城里她体验了复杂的劳动群众的生活，更惨酷的手业工人待遇和两重压迫下的女工贫妇们的苦况！她努力地领导着他们，指示他们应该怎样起来抗争！

工作把她整个的包围着。

是元宵节日，全城里一对对新悬在门前的红纸灯笼还未透出光亮的烛影，代替了亮晶晶的一轮明月的却是纷纷点点的满城寒雨！

刚从党部里散会回来的小蘋，褐色的乱发上缀满了珠珞般的雨珠，跑回住宿着的妇协会去。

——小姐们通通给先生们分头请吃节酒去了！大约晚上没有十一二点钟是没有回来的！只可惜晚上躲去了月亮，不然我们两个倒可以清静的坐谈一下……唉，看你真是忙死了，谁个姑娘们象你这样不贪快活哩！……

她刚刚跨进大门，爱和她唠叨着的女杂差便迎着说了一大堆。

——呃，要我这样忙着才是快活呢！……

她笑了走进自己房里。揩一揩头发后，便伏在案头把刚才的决议案重新整理着。

邻家送进来一阵阵的爆竹声！忽然，她忆起家来了！忆起幼年时和哥哥在这个晚上便合力筑成一个瓦塔，在月光下的爆竹声中又把它烧毁了，自己和孩子们携着手，绕着那射出美丽的火光的瓦塔跳着，唱着无腔的村歌。呀，那是多快乐的游戏呵！

象醒觉过来般她连忙屏去自己的童心，依旧低头理完了她的工作。

把脑袋清一清，今晚上是没有什么事情要准备的。于是回家去的念头又袭了上来。她挂念着哥哥们的工作近来不晓得怎样，离别以来虽还不够一个足月，但不晓得整个的G村群众可有了什么进展？！

跳起来脱下鞋袜，把裙子更拉得高些。从县里跑到G村没有灰筑的官道，只有一下雨便泥泞满路的小田径。她赤着足穿了木屐子，捡出几册刊物来准备送给乌祠堂的新组织成功的农民俱乐部，跑下楼来和女杂差商借竹笠。

——你这个样子便想回去吗？不怕在城里碰见那些先生们么？……

女杂差惊诧得笑了！

——我怕什么呢？我是惯了的！

她戴上大的竹笠子。

刚好这个时候从门外闪进一个人来，他穿着闪光的雨衣。

——小蘋同志在里面吧？说姓辛的要找她。

来客对女杂差说。

这声音使她立刻注意到来的是谁，她高兴起来。

——在这儿呀！我刚要回家去哩！

——呵唷！我可认不出是你来呢？……

他又惊又喜地看着那两只深覆在竹笠下面的大眼睛，这眼睛放射出来越发可爱的光辉！而她这样潇洒自然的装束更是动人极了！

她笑着把竹笠除下了。

——怎么？有什么事情吗？……

——要有事情我才可以来找你吗？今晚上就是因为没有事情做，才想找你谈谈呀！……

他也笑着脱了自己的雨具。

——我们不是刚在会场里碰到的么？此刻你来了，我便以为是部里又发生了什么特别事情哩！

——你整天都担心着工作呀！……

那光辉闪动得他的心头跳颤起来！

——哪里？……我真高兴和你谈谈的，但对不住呀，此刻我要回村里去呵！

——那我只好告辞了！……不过，晚是晚了，又下着雨，你自己一个在村野上跑着不太孤寂吗？……

他很恋恋地注视着她的眼睛，口角上浮着温柔的惆怅的微笑，白嫩的手指玩弄着雨衣的钮扣，只是不愿意离开她的样子。

一阵奇怪的冲动在她心上跳跃，她忽然感到他的可爱了！她从来就没有领略到象他这样的男人的温情的微笑，那象醇酒般濡进她的灵魂深处，醉了似的她凝住自己的眼光。

"他可爱呀！……"脑中闪上已经组织起来的这样的一句，全身的血管中好象流着无数的、轻轻咬嚼着她的肌肉的小动物，而这种咬嚼是引起来新鲜的、甜蜜的快感！

她再感觉到颊上渐渐地烘热起来！

两人都低头沉默着。

——那，那请你一同到我们村里去好吗？路上可以一面走一面谈谈，不是不寂寞了吗？……

她有些不好意思地终于说出来。

——好的，好的！我真高兴呀！……我们去罢！

他笑得露出一列细白的牙齿来，这牙齿也使她感到可爱极了。

——还有，辛同志呀！我要介绍你给我们农会里的同伴们，他们定欢迎你呀！你是个努力于我们的斗争的同志呀！……

她立即还记起来这可爱的他，便是热情于革命的敬爱的同伴。他有比自己更加高深的学问，他的言论常常会使自己折服的呵！

她跳跃起来，戴上竹笠子。

## 七

无偏私的青春也带给她蜜似的温情，在谁个的青春里没有一段温情的 Romance 呢？黄昏的村野，寒雨霏微的道上，象掉进软绵绵的蜜糖里似的躲在辛同志的怀中，她很大胆地吻了他那绽着柔和的笑意的、颤动着的口唇！

现在只要有意的追思起来，那就连自己的指尖也会感到当时的特殊的滋味哩！在女人的一生，处女的第一次浸浴在恋情里的感觉，是深深地印上脑膜的呀！

可是我们的小藐所以和别的姑娘们不同的，不是她不需要这蜜似的温情，而是在这斗争的生活里，她需要的是更伟大更热烈的革命的爱情呀！

当晚 G 村的农民们就在乌祠堂里聚集起来，欢迎这革命的领导者——党的青年部长辛萍君！听了他的高贵的演说，他们是喜欢得来感激似的高呼着！……而现在呢，现在这曾经领导着群众的知识分子是背叛了革命，生活在群众的血汗里的落伍者了！

第二天天一亮的时候，她和他便赶回城里，哥哥拉住她的手儿说：

——现在我们村里是准备着再进一步的抗租运动了，这是很隆重的一件事情呀！虽然时机还没十分成熟，我们的敌人还有许多！……可是，我们是愿意把最后的生命交给这一次的斗争的了！……小蘋！……

——好的，哥哥！你们准备着吧！这是我们最后的一次呀！在城里，我是时刻都记挂着我们的农村的！我晓得尽我的力量帮着这事情干着的！……还有，这辛同志他也是站在我们同条战线上的斗士，他是努力替我们尽力的，我晓得！……

她紧握住哥哥粗大的手掌。哥哥好似有点不舍得她离开了农村的样子！

她离开了哥哥，妈妈，离开整个亲爱的 G 村！谁会料到这一次的别离竟成了永诀！现在她已再不能看见亲爱的他们，不能看见那未经铁蹄蹂躏、整个在欣欣向荣的农村了！……

一回城里，工作依旧把人包围了去，她忘记寒雨声中那温馨的恋情了。在会议席上，在群众堆中，她也常常碰见了他，但这个时候的他是紧握住手儿,渡过那波涛汹涌的大海上的同舟伴侣,是一同团结在斗争热情里的敬爱的同志!他的红唇没有浮绽着柔婉的笑痕,有的只是庄严的、愤发的光彩!

——小蘋呀!为什么你总是不喜欢和我私下谈谈呢?我们不可以亲密一点么?……

——你的眼睛闪动得太动人了,你把我的心灵一熠一熠的夺了去呀!……

这迷人的温情也会打动了她,处女的柳絮也似的心情,是经不起这春风般吹着的甜蜜的言语的,于是她会忍不住倒下他的怀里,捏着他嫩白的手指,或是抚摩他柔软的黑头发,把他叫着"傻孩子"了!

然而许多次这温情象给她胸中的烈火消灭了去,软红的迷梦完全引不起她憧憬着的柔情,满满地填在脑中的是凶猛粗暴的铁锤、刀剑!毫不踌躇地把他拒绝了!

——辛同志!请不要尽对着我说这些话儿罢,我忙着哩!难道你却很优闲吗?你的工作呢?……

——好忍心的姑娘呵!真是个铁似的女士呀!……好,大家努力吧!我就干我的去了!

——谢谢你呀!这样我才爱你呢?……

不觉地对他笑了。于是各人便分手干着各人的事情。

薰风漾着麦浪似的温情陶醉了她,他方呢,那熊熊烈火一般的斗争越是猛烈地燃烧着,就在这两种不相混和的氛围里,她度过了城里的落花时节。

历史的车轮碾上了险恶的轨道!就在这一度革命的高潮达到

了它顶点的时候，飓风施行它最后的暴力，排山倒海地覆下来把它压成无数的浪花，飞溅得整个的中国都沾满可惊的白沫！

黑暗的一方风驰电掣地掩覆了刚要升起的光明！它用着可惊的速率伸展到大地！反动的铁蹄冲破了栏栅，践踏到稚嫩的园地来了！

黑暗和光明早已起了分野，后者是暂时给消灭了！整个的中国已陷进黑黑魆魆的深渊，而消息闭塞的T城，依山临水的G村却反而在茫茫的大海上浮着一两点闪烁的灯光，想延长那微弱的光明！他们已长起万丈的斗争烈焰，这烈焰没有暴力的扑灭是不愿自行掩熄的呀！

凶恶的暗潮快要淹没而来的前几天，邻村邻县都啸动起来！T县也难逃这必然的劫数，在那反动势力高压的下面，他们还奔走呼号的尽着最后挣扎的力量！

小蘋有两天晚上没有睡觉了，褐色的乱发在头上蓬松得象一团干草，睁着两只充血的大眼睛，歪了头儿不断地运算他们的计划！

哥哥老是没有碰到的机会，他曾一次进城来找她，但没有碰到便匆匆地跑回去了！这几天来有的说他已跑出S埠，但有的又说曾在什么村上晤见他。外间的消息已和这儿隔绝，反动分子是明目张胆地干起来了，她和萍君们都好象一群给捉到瓮里来的小动物，转来滚去尽找不到一条出路！但他们依旧拼命地和反动的压力斗争，奋力着挣扎着！

她没有余力兼顾到自己的农村，不能跑回去！她晓得哥哥们一定不会屈服在暴力下面的，他们只有奋斗，虽然到头来或许只有牺牲！她也认清自己当前的任务，只要有一丝的希望，她便尽力干去的！哥哥粗大的手掌好象什么时候都紧紧拉着她的，她没有畏怯，畏怯自来就不曾闪上她的脑海！

他们躲在一家儿子是个青年小贩，母亲是六十多岁了的浣衣妇的熟悉的草屋里，秘密议决他们的案件。这儿一共只有五个忠实的同志，平时那些投机分子现在躲的躲，背叛的背叛了！

在惨淡的豆油灯下，听着附近的城楼已经敲了三更的鼓声！

——好！同志们，就这样结束了今晚的会议，各人进行各的工作去罢！……

她睁着那充血的大眼向大家溜动了一下，眼睛虽因失眠的缘故失却那闪动的光芒，但燃烧着的气焰把同志们的睡意都扫除净尽！

——他们早已严重的侦查你的行踪，这你是知道的。为了我们整个的目标，小蘋同志！你应该躲在这儿不要出去了！团结起各个工会来的任务我来代你干去罢，我自然晓得尽力干得好好的！……

萍君握住她的两手。

——但我终须不能死躲在这里的，我还要跑回G村去帮他们联络起各村的×会来和我们一致行动，这是紧要不过的事情呵！……

——那更使不得呀！听说今晚上各个城门都站了检查员呢，他们是真的干起来了！

另一个小个子的同志抢着说。

——呀！那你还不早点说出来呵？他们把我们截成两段了，

没有农村的援助是只好束手待毙的,这几个毫没武装的小工会能够干什么呀?外面是一点都得不来信息,究竟我们党的中央组合是怎样了呢?……

大家的脸上都罩上深灰色的浓雾!

——可是,干终归要干的呵!不斗争,难道向敌人们暂时屈服了么?勇敢的同伙呀!——她立即跳起来说——辛同志!那请你代我尽力去罢!我一定要筹思出来更安全的法子。

他们陆续的出去了。

吹熄了的豆油灯,黑夜里她一面静听着老妇人低微的鼾声,一面想来想去总想不出怎样飞出这牢狱似的县城,回到G村去是无望了!

她守望着由屋顶的一方玻璃小窗眼所透进来的天空渐渐灰白着。

盼望着他们,但自朝至午任等都没有他们的足音!下午的时候了,外面好象响了几下枪声,她惊疑着,没有一会屋里的老妈妈颤巍巍地走回家来!

——是什么灾祸呀!天王爷!……先生们通通给抓去了,给官兵们……

她慌张得枯瘦的老脸孔好象缩小了许多。

——怎么呀?你,你说的是这些先生们……

她急得来好象热锅上的蚂蚁,下意识地把指头咬住了!

——这些来这里坐谈先生呀,还有许多,许多!官兵们到各个学校,工会……还有人家里都搜掠透了!他们乱抓了人,又放了枪呢!东西好的都给他们抢尽了!唉,真不晓得是怎么来头

149

的灾祸呀！……我在女学堂里替姑娘们洗衣服的，但不好了！官兵们一哄的冲了进来，不问情由，把姑娘有的连衣服都脱光了！……唉，可怕呀，天王爷！这是闹什么乱子呢？她们赤条条地给抓去许多个呀！真是……

老妈妈的老泪扑簌地滴下来。

——完了！我勇敢的同志呀！……都给抓去了吗？……

还没有关上的独扇门闪进来一个穿着肮脏布服，戴着阔大的破帽子，胸前还系着一方厨夫似的白布围裙的男人！他那几根不能掩饰的嫩白手指按在推开来的门扉上，使小蘋跳起来了！

——是你么？萍君？……

——完了呀！小蘋！……但幸而我们总算碰在一起了！……

他张开两臂来把她揽住了！

——可是我们怎能悄悄的躲起来呢？……我们是不会退缩的！

她推开了他。

——完了，完了！工会都给他们早已占夺去了，同志被悄悄地抓去了！是迅雷不及掩耳的突变呀！天没亮的时候我得来这些消息，只好躲进姊夫家里去！……然而我挂念着你，死我们也要死在一道！赶这混乱的时机我逃出来了！……我们自然不会退缩，但现在是一线的出路，一丝的力量都没有了！……姊夫说G村自昨晚上给统治者军队包围了，农民武装起来抗拒反动的军队，但混战到上午的结果是失败了，实力上万万抵抗不住了！你哥哥不必说了，你母亲和多数的村民们都给立地枪决了去，乌祠堂和一些瓦屋是给烧毁了，家畜钱物是给洗劫了，G村现在只有逃难的一群灾民和一片烽火还没有熄灭的瓦砾！……

他一气呵成的滔滔说着！

——呃！……

整个世界在她脑里翻腾过来！在眼前，黑沉沉的一片里闪着一堆堆鲜血淋漓的尸体，闪着哥哥们的脸孔……又渐渐地这一切都飘浮而去，黑沉沉的一片吞没了一切！

## 八

——唉！这是什么一个地方呢？怎么老象是在夜里呢？……

渐渐感觉到自己是躺着的样子，全身都松解了般连动弹一下的念头都没有起过！她昏沉沉地尽浸溺在恍惚可疑的境地里！

——唉，我失去了工作吗？为什么老在夜里躺着呢？……

深灰色的浓雾中老是浮现着一个模糊的影子，这是谁呢？她真想和他讲话，但喉头好象给什么闷塞住了，自己整个的存在就如一团没有意识的棉絮！

——小蘋呀，醒醒罢！……小蘋呀…

渐渐地她感到一阵阵低微的声音老象在喊着自己！这声音好象就从那模糊的影子中发出来！

这声音真温柔极了，乐音似的尽在茫茫然的脑际回旋！

——唉！……是妈妈吗？是哥哥吗？……这声音，这影子！……

——然而，都不象呵！……哥哥和妈妈呢？……他们，他们不都是没有了吗？……

一阵漆黑无边无际的压下来，鲜血在里面飞溅！……

漆黑渐渐散开了，深灰色的浓雾里又漾着轻柔的声音。

——呃！是你么……？辛同志！……

模糊的影子忽然很清晰地在脑上映现！

——是他，是他呵！

她想喊出来，但喉里只透出一丝短促的气息。

——呀！你醒过来罢！……小蘋呀！……

这轻柔的声音现在更可以清楚地听到了。她记起来过去的断续的一些残痕，但这些又给那浓雾弄得模糊着了！

为着这病，他和她才能够安全地从紧张着危险的T城逃走出来。

那是黑暗暴风雨后的第二天晚上，他穿了女人的衣服，她却紧紧的被裹在被窝里，抬进泊在草屋后面的小河上的船舱里，老妈妈护送着，她的儿子给她们摇船，说是重病的亲戚要送回家里，没受检查的小船由城河摇出城外去了！

他带着她投奔到七八十里水程以外的姑母家里。这是一个很静谧的桃源似的农村。这儿自来就没有所谓革命的抗争，重叠的山丘虽然并不险阻，但却深深地把它三面环绕着，只有一条小小的河流从西方的田野里很曲折地流进来。革命在高潮时溅起来的浪花，没有超越过丛山叠嶂散布在这里，化石般的农民们的脑袋，只晓得谨愿地耕他们聊以自给的田地，不晓得别的什么希求；但最大的原因却是外面统治者的铁蹄很少践踏到这里，而这儿又因了是创立不上几百年的新村，农民间很平和的没有什么专横的地主，到外面缴纳的租谷也比别的村民们少一些。

姑母的家庭是个目前还能够安和过活的农家。她没有丈夫，有两个儿子和一个媳妇。小的儿子是个活泼的、憧憬着外面复杂世界的十七岁的孩子；大的却是只晓得劳力的忠朴的农人。他们是勤俭过活的农户。

姑母有一所落成不久的新瓦屋，除自己耕作的外，还有几亩租给人家的园地。她能够供给侄儿的生活，她充分的同情他，他的逃亡在她以为就和给奸臣谗害的落难状元般相似。表兄弟们也欢迎他的来临，他们眼中的他是神圣高贵的读书人、政客。他们都劝他静静地躲在家里，等到天下太平了那才到外面升官发财去。

小蘋害的是热病，一连几天都躺在昏睡的状况中，这村里当然没有什么医生，村民们的生命，除了凭自己的经验调养之外是由它自生自灭的。姑母替他着急得求神问卜，他却整天整晚只有守在她的床前，低唤着她的名字，偎着她滚热的脸孔和按着她跳跃着的脉搏，把脑中记忆着的对于病人应有的调护方法都谨慎地施用着。

过了危险的期间，她清醒了。她晓得自己经过不幸的斗争，现在是逃亡着的，只好躺在床上的病人了。

她老在追忆那不幸的斗争，那太使她痛苦了！

——……唉，辛同志呀！……我要复仇的，我们终要胜利的！……

这样的言词常常在她病弱了的唇中溜出，失了光辉的大眼睛在瘦陷下去的眼眶里突突地显露着！

而他一定着急起来，很温和地安慰她，哄她忘记了过去的一切！

　　他为她每点钟都按着脉搏，很细心地誊记在记着她的病情的表上，把温柔的口唇贴着她烘热的额角，把一调羹一调羹的开水喂给她喝！……

　　在他这样温柔的爱抚之下，她只好抛去心头的记忆，很驯服地闭上眼睛沉沉陶醉着梦般的境地。

　　他曾酷爱文艺，读了许许多多的中外古今说部；而且他很会讲，溜着轻柔的春风似的声音，慢慢地、滔滔不绝地讲着，水银般的滑进她病弱的脑袋，把里面的创伤轻轻地洗净了！

　　她爱听《三国》、《西游》，而尤其爱听《水浒》！她叫他两次三次的重复讲着，张开口儿，孩子似的憧憬着那趣味浓郁的幻影！

　　当他每次沉吟着想一想要讲的资料时，她定撒娇似的说道：

　　——一定完了哦！我不相信你的脑里会装上那许多东西的！还是再给我讲着林冲罢，讲着鲁智深罢！……

　　——哪里会讲完哩？是太多了，反而打算不定要先讲哪一部好呀！……林冲太滥了，我要讲别的新鲜有趣的呵！

　　——真的还有了更有趣的么？那便快讲罢！你真比我聪明呀！

　　——不是比你聪明，而是比你有机会多读罢了！你才是聪明不过的女子呢！小蘋！……

　　——就是没有机会啦！小的时候读得太少了，太简单了！以后不晓得还有躲下来静静用功的机会么？

她感慨着了！

——现在不就是机会了吗？等你好了的时候，我们一同来读着心爱的书本子，真是幸福的生活哩！……文艺要有相当的素养才会领略的，以后你就研究着吧！……

——那还是专供你们有产有闲的人们欣赏去罢！我们现在处的是怎么样的一个时代呀？……好了的时候，病好了我们不是依旧要找机会干着的么？……

她又兴奋起来了。

于是，他又象哄孩子似的把她的心情哄得慢慢地平静下去。

他还时常对她吟诵了一些诗词，开始他只象唱催眠歌似的哄她睡下，但这渐渐地打动了她，比讲故事更加使她爱好起来了。

她是好孩儿，那历史以来所赋予的柔情，虽给要斗争的烈火狂风消灭了去，但现在她是卧在病榻上，是躲在爱人的怀里，她的心情是怎样的脆弱呢？当那隽永动人的诗句，从可爱的他的唇里轻妙的溜出，宛转地漾进脑中去时，宛如一个柔弱不过的姑娘似的，她把头儿静静的倒在他的腕上，帖帖服服地不想动弹，两人的灵魂融合起来，流进那神秘的、美妙的渺茫里了！

——你这样爱好着文学的么！爱好诗句和故事的么？……真是可爱极了的小蘋呀，在你这样沉醉着的当儿！……

颤动着情焰的他的双唇，会紧紧地吻上她褪了色的蔷薇似的脸上！

——我曾为你做了许多诗句哩，在碰见你的第一天起！你的眼睛真撩动了人呀！……

——真的么？你为我做了诗句，为我的眼睛么？可爱的你呀！……为什么你会爱上我这样一个粗陋的女子呢？我不是不懂得诗这东西的么？……

——你才是真懂得诗这东西的姑娘哩！象你这样的女子才是夺去了我的生命的爱人呵！失去了革命，但我现在是获得你的爱情了，更可宝贵的爱情了！……

——这便是我们两人间的爱情，而它会使你沉醉，使你忘记了一切的狭小的爱情么？我也爱你的，然而我不要失去了革命，我们应该永久和它同在呀，我们不是要胜利的么？

——是的，要胜利，要胜利，为了我的小蘋的原故，革命一定会胜利的！……

——那你高兴极了！萍君呀！快把你为我做着的诗句念出来罢，念给我听听罢！

温馨的时光偷偷地在病榻上溜去了二十多天！

## 九

缠绵淅沥的梅雨期在病室的窗外溜过去了，晴朗的五月天带来了夏的光与热。村里蒸发着各种各样郁闷的气体，堆积在土埕上或屋后的草囤儿发出来腐湿的气息，和在地上干了犹未被捡去的、猪牛的排泄物所散出来的混成一种难闻的臭味！沟渠和深的水洼都张着丑恶的口儿，照着阳光闪了奇妙的光彩，还吐着讨厌的气息。呆然躺在人家檐下的一些农具大都晾晒上一两件破旧的棉袄；有些农妇们披着花格子布的头巾，蹲在太阳底下的土埕上洗刷她屋里发了霉的用具。午间从田里回来的耕牛懒懒地拖着它笨重的身子,身子上闪着汗珠。孩子们都换上粗麻制成的上衣,裸了两腿地到处跑着。鸡雏一群群的在地上忙碌找食,争啄着一些闪光的砂砾或铜片。

然而这光与热也充满盛绿的山谷原野和河岸,叶儿草儿都闪耀着油滑滑的光辉,发散了新鲜的植物的香味。亮得好象透明般的蓝空间也浮泛出几朵温软的白云,这点缀着宛如生满绿野间的红紫、黄白的小野花一样。

人们就呼吸在这样晴朗的初夏风光里。

姑母的新瓦屋临着那曲折的小河,左面长着一片象用剪刀剪齐了的禾穗;田野尽处便是丛杂着浓绿的浅谷和久雨洗过的蔚蓝的山峰。河的两岸铺满了丰缛的绿茵和碎锦似的小野花。澄碧着,宛如几许层无色的玻璃堆叠起来般流着透明的河水。结着小得来针头也似的累累果实的龙眼树林,在对岸形成个疏落的果园,和庭前几株红花落尽的木棉树,连成一片浓荫,把这道河流越发看成纤小了!

早晨,他挽着她在河岸上慢慢地踱着,病后的四肢娇懒了许多,她不是闲倚着木棉的树干,便是坐下在河岸上,河里是两个并肩的影儿。

病后的心情也脆弱了许多,猛烈的狂焰失去它燃烧起来的热力,她让自己懒懒地偎住萍君的肩膀。

吸着泥土和草木的芬芳气息,在晴朗的晨光中,在久病初痊之后,在温柔的恋情里……她感到一种新生的甜蜜的滋味!这滋味是幸福的,是她,这十七岁的姑娘所没有享用过的。

于是她沉醉着这幸福，细细的玩味着。但不幸是她很容易便会从这之间惊叹似的醒觉过来，袭上伤感般的阴影！

"这小河，真澄碧得可爱呀！……但故乡的却是雄浑浑的，朱红色的江流呀……"

"这山峰上那片石头有些象我们那里的呀！……唉！故乡呢？……什么时候我们才能够重新干起来呢？……"

可是这些阴影也很容易给周围美妙的自然和甜蜜的恋意消灭去的。在这样的生活里，你还能够兴起别的什么念头呢？外面是恐怖的世界，你只好敛起两翼，暂困守在这温馨的梦里罢！

吃过午饭了，闷热象胶住了飞扬着尘土的空间，虽然轻风在四处流动着！蝉声从木棉树上刮耳的噪着，但一些偷懒的村民们却敞开对襟的上衣，躺在树荫下面，吹着悠徐不过的口笛！

在南窗下，静躺着无力的肢体听他哼着一些醉人的诗句，不知不觉便午睡去了！

夏的晚霞渲染得整个的乡村就象画里的天国！在山麓，河岸，林中……不等到暮霭把一切都笼罩了，他俩是不想回家去的。


渐渐地恢复了早日的健康，两人开始了同居的生活了。姑母的家庭就象自己的家庭，她读着叫表弟到 T 城去运来的萍君的许多书籍，把秃了的笔尖写着许多能够念诵的诗词。但她还喜欢料理家务，跳来跃去的帮姑母切菜烧饭，晒谷子，帮嫂嫂喂家畜，抱小孩子。

——你几时变了个伶俐的小主妇呀？我的小蘋！……

闲躺在屋檐下面，瞧着她忙碌着的萍君常常感了兴趣的笑起来。

而她顶高兴的是帮姑母和表弟栽园里的蔬菜果实。她爱土地，虽然是个农女，但自来就没一片属她自己的土地，让她们自由耕种，过去她们都是替地主劳作的。现在这土地是自己的，自己可以任意在上面创造着自己劳力的结晶！多有意思呀！她亲自把种子播下去之后，便天天盼望它的萌芽、抽叶。整天披散着剪下辫子的短发在园里跳跃着，小心地灌水，下肥料，拔去杂草，除去害虫，看看这些，又弄弄那些。她自己种了两畦落花生和一片山芋，把这些当成事业似的忙着。

有时在园里，她一面工作着，便一面和好说话的表弟谈讲，讲的多是关于外面的世界。她比他晓得多些，他很热心地疑问着，倾听着，而她是不倦的答着、讲着。

——我们的田园宣传家又要开讲了！……

站在旁边的萍君一定笑了。

每回她都谈及他们过去的一切。她努力使表弟明白革命的意义，还叫他把已经明了了的转讲给他的同伴们。

——真有这样的道理呀！……为什么我们老没想起这些呀？……

听到理想的世界的实现，表弟会高兴得来跳跃着，把畦里的植物践踏着了！

——这样的世界终要到来的！……而我们现在的路线就是要革命，要斗争！……

而她的热情便和表弟一同扇动起来了。

——而我们现在只找寻着时机！

说到眼前的环境，她不得不愤慨起来，怅望着云山层叠的空间！

——时机一找到了时，我们这村里也可以一同干起来的吧？

表弟的热情汹涌着！

——一定的！为什么不呢？劳苦群众都是革命的同志呀！

——那我们村里可以组织×××了，完全象你所说的干起来了！呀……

——不过干起来于你们这半地主阶级是没有好处的呵！

萍君喜欢和表弟寻开心！

——为什么呢？我们自己虽然有田地，但我们不是受着官府们、城里的绅士们压迫的么？我们要通通打倒他们呀！……而且，为了我们的同伙呀，他们真是苦呢！……

——你真是未来的斗士呀！你看，我们定归要胜利的，这真理是谁都能够领悟的，除了我们的敌人！……

她高兴得几乎想揽住鼓起眼睛的表弟！

她的热情是没有泯灭的，那不过蕴藏着罢了！她和表弟天天热情的盼找着时机，她怂恿他从几里外的邻乡辗转订来了一些报纸、杂志。

蝉声逐渐在木棉树上弛缓下去，而终于息灭了时，南国的秋风荡着嫩绿的新乐，漾起阵阵的碧波来了！这儿的气候特别暖热，现在虽是仲秋天气，但那高大的木棉和矮胖的榕树，还是绿叶成荫的没有一些儿凋零衰败的样子。河沿和山谷依旧缀满茂草繁花，澄澈得可以见底的碧流，只多映上一些摇曳的芦花的倒影。

可是秋的气息是宛如和盛夏不同的！人呼吸的是清爽幽凉的空气。在山野上，在山谷中，那澄碧的秋空是高旷得人的心脏都跟它一同展开了似的辽阔，天空里到处浮着村童们放起来的各式纸鸢，发出来悠徐的筝声，顺着秋风凄怨似的送进人的耳朵！

秋渐渐的深了，萧条的气象跟着渐渐黄起来的柑子，一天比一天浓厚了。南国也有它的秋天的。

落花生已开过它金黄的花儿，山芋却红红的肥大着了。而就在这个时候，她不得不离开它们，离开这秀丽的乡村，而同时是和亲密了几个月的他隔离了！象秋风吹散了的一池萍儿般，两人要东飘西泊的散开了！

残秋结束了他们恋爱的美梦！

因为他生长T县，而又在那儿工作的一个叛徒，是绅士们想要食肉寝皮的逆党！他的逃亡是他们老大的痛恨，他们定要得而甘心的！而统治者们现在也连成一气，他们施行了种种联防保甲的政策，想来捞回一些漏网之鱼，没有斩草除根，他们的统治势力是一天不能安稳的！

这烦扰苛虐的政策看看快要施行到与世无争的姑母村中来了！

革命失败了，但他得到更可宝贵的她的爱情。满拟两人屏弃了一切而沉溺在这爱情里，隐居似的度着诗书田园的生涯，这清恬自适的生涯可以使他满足，没有别的什么追求了。

但仅仅这样的生涯也成了理想的乐园，现在是完了，欢娱将成过去的云烟，不得不离开爱着的她而走上茫茫的飘泊途径！他忍不住揽着她呜咽起来！

而她可没有什么伤感，她说这正是给两人以找寻时机的机缘，沉浸在这样的美梦里是很危险的，对于他们的事业。她安慰着他，十二分期望着两人此去能够碰到各人继续干下去的机会！她的大眼睛闪着希望的光辉！这光辉激动起来他前进的力量！

两人照着筹思的计划分开了。他到C州或上海找些友人亲戚；她呢，远的地方她是没有一些经验，没有一个认识的朋友的，她只好走到距离不远的P村，在那儿她有一位很要好的朋友是当地的有力人物，革命的同情者，他会为她设置生活的方法。

这别离一直继续到两年以后的现在。他流浪了一些地带，但他已鼓不起来过去的热情！到头在上海他投奔了有钱的表叔，得到优闲的职业，环境渐渐洗涤去他犹豫的信念，阶级意识决定了他的人生，他是沉浸到挽回不来的深渊里了！

十

现在只要追忆起那柔情缱绻的一切，那紧紧揽住了而在沉默中静味着自己颤动了的心灵的滋味，真太于把人撩动了呀！

他的红唇依然会浮着蜜似的温情，颤动着炙人的情焰！然而那内心燃烧着的革命的烈火却早已完全熄灭，有的只是一堆拨不出残烬来的死灰，维持两人间的要素是没有了！于是她明白了他们间的关系，各人都站在方向相反的两个极端，中间的距离是太远了！那可爱的影像已罩上模糊的浓雾，变成不可理解的东西了！

那迷人的睡姿只有一闪起来便跟了温馨的过去一同消灭！醒觉来后她依然是顽强的她！她应该蔑视那醉人的、没有生命的过去的爱情——不，不是爱情，只是两个渺小的灵魂所紧紧纠缠着的痴恋罢了！——而从这深潭中跳出。应该把胸中的热力追求着广大的、神圣的革命的爱情！

太阳已从东方升上来。它照耀着欢欣的光芒，炫夺人的眼睛！她从露台上跑回室里去。

他还没有起身，自闹翻了之后他尽是苍白着可怜的脸孔！昨晚上和几个无聊的友人好象到外面喝酒的样子，回来的时候叹着气流了不少的眼泪！这眼泪虽和解了她板起来的面孔，但总消灭不去她胸头的烈焰。

不想喊醒他，让他沉沉地找寻自己的醉梦吧！给时代遗弃了的人物，她是没有法子把他赶跑上去的，虽然这是从前的恋人，同志！她也没有闲情来愤恨他，痛悼他；她只担心着五天了，一个星期了，而炳生何以老是没有找过她一次？是他忘记了这急待援进的同伴呢，还是他碰到了别的不能抽身的事情？！

读着一册已经看了大半的书籍，但心神总是不能集中的常常从书中跳到别的什么上去！

抛了书籍跑到走栏，看看一群在地上玩耍的孩子，不时地转过头去望望马路上可有什么认得的行人，弄堂里有没有找着门牌号数的客人。

突然，有纪律的喊声隐隐地在耳际浮动起来！这声音散开就好象是几千万缕相似的啸声在里面颤跃着，宛如繁音杂奏的交响乐！

这声音打动了她，它好象是从她那刻下在脑膜上的唱片里开唱出来的一样！为什么她感得那声音这样的熟悉呢？那不是群众的呼声么？不是示威巡行的呼声么？……

她即刻记起来今天是×月×日，是个伟大的纪念日！三年以前的今天她正高撑了一面光明的旗帜，和群众们在T城的狭小弯曲的巷道上，狂热的号喊着，跳跃着哩！呀，多伟大呀！……这记忆激荡着她，兴奋起来了！但现在，但这儿，不是白色恐怖下帝国主义践踏着的地带么？难道勇敢的群众能够在这儿举行纪念仪式么？这儿的同伙们已经组织成这样强有力的队伍么？……

那是自己的幻觉吧？但啸动的呼声是一阵比一阵越发清晰地送进她的耳膜，镌进她的心灵！那震荡着空气，刺破高高的蓝空，激越地，雄浑地送来了！

那蕴藏已久的烈焰现在在她的心头爆炸开来！血管里汹涌着急流的热血，灵魂快要飞越出这颤动的躯体般，强度的兴奋着！

再也没有踌躇，她流水似的泻下了几十级楼梯，冲向门外去了！娘姨从厨下跑出来替她把门关上，睁着惊异的眼光一直送她出了弄堂！

穿过飞驰来去的人堆中找寻她的目的物，跟了怒潮起伏的吼声走去，转过了马路，在大的铁桥上，在眼前滚着一条闪耀着春日的光辉的、江流似的群众的队伍！

血红的、一别三年而现在象碰了爱人似的可爱的旗帜，在这江流上面被高高地撑起，迎着春日的和风，张开了翅膀般在群众头上飘展着！

——哟！……

披到颈上的乱发飞舞起来，大的眼睛闪射着无限的光芒，高举起两只臂膀，害了热病似的狂热她冲进井然进展的队伍怀中！

哗然地腾跃起来，好象几千百个被打进了过量的气体而同时爆破开来的球胆般，她的声音混进这样的喊声里了！好象把两年以来闷积胸头的东西，都吐出来混进这里面了！

从一位同伴的胁下抽来一束彩色的纸张，跳着把它向空中一掷！因风飘荡的纸张纷纷地散进行人的手上、袋中，也有些飞过了桥栏，飘下在河水上或舣集着的河旁小舟上。

喊着跳着，她越过许多同伴的身旁，冲进前面！现在已经跑近旗帜下面了，她歪仰起头儿，旗的阴影落在脸上，上面罩着晴朗的春天的蓝空！

群众的队伍向左转去，黑蚂蚁般的敌人们渐渐从各方麇集了来，井然的队伍分成断断续续的几个段落，但这好象一条虽被砍断，但还转动着的百足之虫，没有力量能够把它一时完全弄僵！

暴力渐渐压下来，斗争于是开始了！粗大的棍儿从各人的头上身上滚下，但粗大的拳头和怒跃的喊声却又把它叉开了去！又渐渐地布的衣服给撕裂了，领带给扯得歪在一起，到后来枪刀的尖端接触到人的肉体，鲜红的血滴沿着愤怒的脸孔和撕破了上衣的胸膛纵横的流了下来！

前进，前进，呼喊，呼喊！斗争继续了整个钟头！

强暴的手腕抓住了她的颈项，粗大的东西黑压压地从脑门上压了下来！一切都在眼前晃乱，跟着是沉向茫茫的黑暗中去！但她紧紧的抓回来自己的知觉！

她感到自己好象一条伸张着的皮带，紧张不过的在极度强力的两端中间挣扎着！

已经断绝了般从一端松下来！她睁开眼睛！

——呀！……是你？……你把我从敌人的腕中夺了回来！

她碰着那个日夕盼待的同伴，但只一瞥间他也跳进另一堆人丛中去了！

## 十一

她碰到炳生，在扰攘的群众中她紧紧跟了他左右奔突，巡行的目的已达到相当的成功，由四方满满地滚来的敌人的鹰犬们，把队伍零落地冲散开去！

窜过几条街道，两人一前一后地转进一条安全地带的僻静小巷。

——好同志！我们来握一握手罢！真是个勇敢的女斗士呀！

他回过头来笑嘻嘻地站住了。

她赶上去满心欢喜地伸出手儿来。他们紧紧抓住各人的手掌，四只眼睛都闪动着意外高兴的光彩！

——你对不住我呀！为什么抛了你的同伴不想援进她？……

这时她才注意到他身上穿着一套蓝色的工人布服，拖了一对塌着后跟的破鞋子，脏了的打鸟帽低低地覆在头上，不是仰起头来是瞧不清脸孔的。他的上衣领上已给撕裂了两寸光景，还涂上许多灰尘，显得来有些狼狈的样子！于是她伸着手来替他把撕裂的地方折下去，为他拍去了污尘！

他也笑着把她端详了一下。她依旧是船中那个布衣短裙的姑娘，不过现在在粘上许多尘土的乱发下闪动的是两颗特别射着热力的大眼睛！右颊上浮着一片青紫的伤痕，这是刚才她斗争遗下来的痕迹！他们不敢久站着对谈，他叫她把身上弄齐整一点，以免引起人家的注意后，便一面谈着一面跑去。

——那会忘记了你呢？这有许多特别的原因呵！我老是记挂着你哩！……

他现了一种着急的神情忙着向她解释。把打鸟帽的舌头拉得更低下了。

他说自上岸之后一直忙到了现在，那是刚刚碰到了这儿一所工厂的工人向敌人斗争的原故。他参进这个斗争，受着党的指令指引工人前进，是忙得来连抽身都没有余裕！

——现在这斗争是怎样了呢？真太懵然了，我是一点都不知道呀！

她着急着。

——……现在么？等着罢！……那时几千个工友是烧起了对资方愤恨极了的毒焰！资方把他们的精血吸收净尽，一旦不需要了的时候，便象渣滓般吐了出来！他们把厂的铁门关上了说是停止营业，把工友们的衣包、破被都丢了出来滚满街头，不管他们眼前的死活！于是工友们明白了来，向资方乞求是得不到一丝怜悯的，眼前只好把生命来作最后的斗争！他们咆哮起来，暴动起来！群众象潮水似的卷去，要凭着暴力冲开了牢样的工厂铁门，把属于群众的工厂抢夺了来，把里面的钢铁都恢复它们的运转！……呀！你想是一次怎样伟大的斗争呀？……

他的拳头不住地在空中挥舞着！

——呵！真是令人奋起的热力呀！……

眼前的他也不是船中那个孩子模样的炳生，而是一颗炸弹似的，伟岸的战士！

他说当时的斗争终于覆来了敌人们的高压！统治者的帝国主义驶来无数的铁甲车，满满地装着武装的鹰犬们！但群众没有退怯，没有流血是不能完成伟大的斗争的！不牺牲，他们也是找不到生活的出路的！斗争已达到尖端，没有爆发开来是不能缓和下去的！机关给手指拨动了，枪弹从前方扫射了来！

——呵呵！……躺下去，躺到地上仍旧滚前去呀！同志们！我这样喊着！滚热的子弹嗤嗤地从身上飞过，烟雾弥漫了周遭！呀！……

他起劲地喊着，但立即醒觉到这是在路上，连忙放低了声音！

——这儿，现在有了这么热烈的斗争吗？那我们的时机不是快要到了么？！

她跃动着新的热力。

——这儿的明争暗斗现在是一秒钟都在飞快的进展着呢！现在不比从前了，劳动群众都明白和急需伟大的斗争了！

只有十天，在这上岸后短促的十天中，他是干了许多繁重的工作，经验了伟大的斗争，而现在是个肩了重任的勇敢的斗士了！但自己呢！自己在同样的十天中除掉领略一些温情的残烬，为渺小的恋情苦闷着之外还会得到什么呢？……不是只有一个空虚的心脏么？……

她真惊悚起来了！自己若不再紧紧抓住眼前的时机，献身给伟大的事业，抛弃了过去的迷梦，追求着时代的热烈的、群众的爱情……那不用几个十天，几个一月，便会把自己跟着已经没落的他，一同沉进不能自拔的黑暗里去了！

她决定不回家去和他告别，应该忘记了他，忘记过去迷人的温馨的梦境，那残余的恋情还象一缸甜甜的蜜汁，假如自己再事贪恋，那就会跌下去给它胶住了！

——现在就请你带我到我们的组合里去罢！介绍我给同志们罢！

他把她凝视了一下，接着是高兴地笑了。

——一定的！一定的！……外面的世界才是空旷的，我们的事业才是伟大的！你忘怀了那狭小的家庭罢！惟有群众的爱才是我们所需要的……好，我真喜欢哩，我们现在才是亲爱的同志呀！……

若不是在这不自由的路上，那他们两个定又紧紧地把手儿握住了！

## 十二

现在她依旧缚着三年以前那条短裙，插着那支秃了的自来水笔。但多着的是现在头上歪戴了一顶天青色的小绒帽子。

三年的光阴没有吞蚀了她身上的一切,她依旧燃烧着比从前更加猛烈的青春的热力——这热力支配着她的全身,不是时光这东西所能够把它推移,而是跟着时代进展的!

　　而三年以后的现在可和三年以前的过去有了不同,不同的不是她的外表而是她的内心。现在她的脑上充实了越是精确、深邃的宝藏,两脚踏过了越是丰富的人生经验,而仅仅在这重新担负起工作来的十多天后,她的精神飞速着新的进展哩!

　　现在她坐在湫隘的亭子间里,外面是一方狭窄的、昏暗下来的天空,和一条不大器杂然而污秽的弄堂。刚下过一阵春雨之后的天空,虽从阴郁的颜脸上好象绽开一痕笑意,但黄昏的来临又把它弄成逐渐灰黑的样子。

　　刚从××工厂的门前一堆躺着的泥土上面跳下,飞转了几条街道,才安全的赶回这里来!

　　在那堆坟起的泥堆四周,围住一群由厂里放工出来的男女工人。她在堆上站着,一面散放着彩色的纸张,一面高声的喊着沉重而扼要的话句。

　　沉重的话句沉重地压进工人们的脑袋,闪耀着光芒的大眼睛射刺着他们的心房!

　　正在这个时候袭来了一阵恶浪,鹰犬们黑压压地冲上来,把围成密密层层的圆环子冲散了!

　　她的话头虽被打断,但种子是已经播下的了!那彩色的纸张说不定此刻正给他们捧着,细心地读着吧!

　　想着她便微笑起来,却不忙把沿着帽沿滴下的雨水揩干。

　　她再想起今天已经做过的各种事情。

早上阅读了许多必要的刊物，嚼了两个热烘烘的大饼，便跑到一所平民学校去授了两个钟头的功课。

几十个工农的子女围绕在她身旁，对着这些未来的小同伴，她是更加感到人类的热爱的，这象整个能够把她吸引了去、推动出来热力的集团。

过去两个年头她所以能够度过沉默的时光的，就是她的心灵已给那些同样的小生命溶合了去。在P村，在那地滨南海的海湾，无垠的沙滩上跑跳着一群皮肤赭黑的孩子，沙地上纵横晾晒了渔人们张开来的黑网子，发了腥秽的、然而已经闻惯了的气味。在阳光射照得闪耀起来的沙滩上，她曾和小同伴们度过了不能忘的村岛的生涯。

现在虽不能晤见那些未来的渔人，但她完全不用挂念着他们！无情的生活自然会教给他们一些伟大的真理，当着革命高潮重新起来的时候，他们自然会裸着赭黑的胸膛、臂膀，起来加进这队伍中来的！

其次她想着参加一个工会的罢工会议，他们那果决勇敢的态度和生死干去的精神，使她对整个的事业感到无限的热望！她尽着力量贡献给他们一些意见。

会散的时候已是午后二时，肚子虽饿，但她还有一件比吃饭更加重要的事情在等着去干，连忙又赶到工人区一所破草屋的女工家里。

——来了呵！好同志，我老等着哩！

在那没有太阳也蒸发着一种腐坏似的气息的小屋里，女工阿玉跳起来握住她的手儿。

阿玉是个很难看的女工,高高的颧骨耸出在三角形的瘦脸上。但她在另一方是有了比明眸皓齿的姑娘们更加优美百倍的精神。她有着对革命的正确理解和对生活不平的愤懑,这愤懑的毒焰燃烧着她要斗争的热力!

她是××工厂内党的区分部的执委,也是那儿几百个女工的领导者。

——怎样呢?进行的结果?!……

她还没有说完,对方的答案已冲口出来。

——胜利给我们把握到了!……

于是在纸张,沙沙地飞跑着那秃了的笔尖,照例她的头儿又不知不觉地歪着。

——真高兴死呀!照这样子看来只要三天以内便会成功这计划了,这全亏了你,真是个了不得的能手呵!……

——你称赞你自己罢!没有你的指示我如何进行呢?……

她们笑了。

——不是还没吃中饭的样子么?一开完那儿的会议就到这儿来的罢?

——真有些饿了,有什么就给我弄点来罢!

坐下在阿玉的破凳子上,她一面吃着热腾腾的汤面,一面和她谈论着关于这事情的话儿,十个铜子一大碗的汤面此刻是香甜极了的东西。

别了阿玉,跑去把这报告转达之后,又在那儿把脑袋工作了一两个钟头,接着是和同伴们分头向放着尖锐的汽笛声的工厂门前跑去,而在逃回来的路上给淋了一场春雨!

她仰望着天空，天空虽然哭丧着脸孔，但经了一天工作的紧张和疲劳，此刻能够安闲地坐着，想着已经做过的一天的工作，真是快乐不过的时间了！

阴郁的天空并没有消失去她脸上挂着的笑痕！

足步声从前楼一直响进这亭子间里，走来一个身躯高大的人物。他穿了一件不称身材的污渍的长袍子，这人是进出都要更换他的服装的，在外面你碰到他时，是不容易一下子就给你认出来的。他的瘦陷下去的眼眶凝结着尖锐的光芒，头发是毫无光泽的粗乱着。全身的胴体是伟岸的工人的骨骼，是神采奕奕的健康者。

——回来了，同志！今天散了许多宣言吧？

他的声音尖锐得和他的眼光一样，总之他是个沉毅机敏的得力的同志，他阔大的肩膀上挑上一担很重的担子！他是和生，执委会的委员，是这儿第 × 分部的部主任，是炳生的哥哥。

——散了许多哩，同志！今天你的工作完毕了罢！

——还没有呵，就要出去的。——他笑着把手里的一束文件交点给她。——你还不把雨水揩干，湿在头上是不好的呀！

他替她除下帽子来。

晚上，在灯光下面他们又开始各人的工作了。在前楼的办公桌上沉着和生的尖锐的眼光，同志们的低下的脑袋；楼下的暗室里响着一些纸张起落的微小的啸音和别的一些声息……而在狭小的亭子间里，歪着头儿的她正飞动着那秃了的自来水笔。

这儿的生活是没有固定、刻板的，整个的工作是天天在进展着，跃动着！是刻刻在创造着新鲜的、扩大的生命热力！

## 十三

"杭育呵！……杭育呵！"

码头上依旧麇集着蓝色的一团团，交织往来的河流，劳苦群众依然在消耗他们的血汗！……然而，不同了，老大的变更了！从他们的啸声里她听出来有愤恨的毒焰，喊着准备斗争的声息了！

一月来革命的洪涛激荡黄浦江头，整个的无产群众胸中重新溅起来醒觉的浪花，时代已快到它阵痛的境地，呆然躲着的胎儿只要一到它成熟的时机就会一阵比一阵更加剧烈地挣扎着，翻动着，从旧的母体里诞生出来新鲜的生命！

而这一月来正开始了频繁的、猛烈的胎动！

烟囱依旧直地耸立在无数的劳力上面，但缕缕的黑烟已混着伟大的力量弥漫了天空。空中已饱孕着浓春的风光，天是蓝蓝的晴朗着，暖阳射出来热力与光明；地上的空隙处都茁长了野花小草，电线底下的枯枝也抽出嫩绿的新芽！

而这一月来在她的生命上也长出新的嫩叶！她从迷梦中解放出来自己伟大的热力，达到了重新起来干着的目的！

她的生命现在不是属于她自己所有，但也不是属于任何一个谁！那是已经交给了伟大的群众，象一根纤维般被织进一匹坚韧的布匹，永久的变成集团里的一员，而这集团便是推进那胎动的整个的原动力！

受了党的指令，现在她是被遣派回到C江一带工作去。

×××的组织已遍满中国各地的农村！×军象春雨后的笋儿般茁长出来，变成一支支强有力的武装！土地重新在铁蹄底下翻动起来！再次的醒觉了的农民们热烈地需要他们自身的斗争与创造了！

C江一带的农村已照满了火的光辉与热力！现在不是三年以前了，时代已运转到新的阶段了！

回到故乡，回到给黑暗掩覆了而现在是透出曙光的故乡，去创造未来的光明！回到给铁蹄践踏着而现在是掀动起来的故乡，去把敌人歼灭，开辟前面的坦途！……呀，那真是太令人狂热的工作，太令人高兴的工作呀！……

她的大眼睛会依旧和亲爱的农民们相见，激越的声音会依然混进那咆哮起来的喊声里，而一同建立起来他们那实现了的天国！如果说她的生平没有尝试过这样伟大的愉快，那此刻的她真好象高兴得胸头扇动着熊熊的一团火焰！

汽笛的叫声已尖锐的从江面回响了来，机声嘈乱了，庞大的船身开始在微的转动了！

她和同行的两个同志倚住船舷，船身开始在水面上画着白的痕迹，看看溅起浪花来了！

——小蘋同志！现在我们又是船中的伴侣了！真高兴呀！

炳生转过头来对她笑着。

——但现在我们是紧紧地团结着，走向新生的路上呀！

她也笑了。

——看呀！上海已给苍茫的天海遮断了！

另一个同志把手指着说。

这时，在小蕻的脑里，在她的眼前，交互的闪耀着两道鲜明的光辉！

她看见在这天海苍茫消逝了去的上海，正射着工人们重新啸动起来的光芒，伟大的爆发快要炸开来！

同时，在这海天苍茫的另一处尽头，无数的农村照耀起来一轮重新升上来的红日！

而整个的世界都在这光辉里面重新啸动起来！！！

一九三〇，五，一，——上海。

## 小阿强

　　这里：我们新时代的弟妹们，革命的小儿女们！不是"从前有一个……"也不是"却说……"，那些都太于陈旧，太于俗套，是历史的轮轴已经从上面滚过，是大人们用来哄开你们的小口，睁开你们惊异的眼睛，而尽从淡灰色的浓雾中描画出模糊的想象来的什么英雄、神怪！那些于你们不是都太遥远了，太神秘了么？这里，亲爱的小朋友们，请猜一猜我要给你们写下些什么呢？

　　是一件很平凡然而却真真挚挚的，你们不但从这儿读到而且在可能的环境内还可以直接目睹耳闻的事情。不用说，在这样的时代里象下面所说的一位小同志当然不单单乎只有一个，那怕有很多，很多，我相信，然而，不幸的是我还没有机会可以多所采集，现在只就我晓得的这一位先说一说吧！有机会，当然想尽量的给你们多讲一些。

不幸的很，我们的这位小同志是生长在一个极穷极穷，父母亲都牛马似的终年给狠毒的地主们榨压，虐待，只有一小间破茅屋的家庭里。他到世界上来已经度过了十三个冬天，现在刚好满了十二岁又四个月，名字叫阿强，是一个有一头柔软的赤头发——这是因为它整天和太阳接吻的原故吧，本来我们东方孩子的头发不都是漆黑的么？——还有两只大眼睛的农家孩子。

然而贫穷到底是他的不幸，受压榨终于是他们的苦厄吗？不，不是的！因为是穷人——极穷苦的孩子，你们里面不也有许多和他同样、同阶级的孩子们么？所以才会了解我们急切需要的革命，才会努力干着伟大的工作；而现在，让我说来吧，也让你们读下去才明白现在虽是穷人，是受压迫，可是我们丝毫也没有什么不幸！因为，假使没有暴风雨的前夜到来，那明天还会有那样扫净纤云的澄碧的天空么？小弟妹们，你们懂得这个道理吗？想它一下吧！

现在阿强是中国那一片在地图上已经染成红色的一个村里的少年先锋队队长，是一位飘扬着鲜红的领巾，把两只虽然小可是却很有力很结实的臂膀，撑起一面比身子还要大两三倍的红的旗帜，挺着小胸脯，和群众们一同大踏步前进的小布尔什维克！

可是刚刚到十岁的童年时，他还是一个地主们的小奴隶。穿着破旧不堪的衣服，披着差不多一尺多长的赤头发——那怕是因为母亲太忙了，太累了，没机会给他剃光或剪短而任它长下去吧——和同样的邻童们不论晴雨寒暑地天天给人家看牛。在山野上，在河沿和田亩间，和同伴们偷偷地玩着，唱些没腔调的歌；滚在地上扭打着，把已经很脏的脸孔、头发……弄得更其脏透，有时还把衣服撕成一片片地快要脱离它整个的组织！

这样的生活还是他的幸运，碰到不幸，小小的头颅便会发青发黑的浮肿起来许多疙瘩——因为大人们凶暴的铁似的拳头居高临下地向孩子们头上送下去是很不费力的，只要他们高兴！这些拳头虽有各式不同，然而最习惯的还是雇主三老爷和父亲的两只！给捶打了痛楚只在皮肤，打惯了，阿强也不感到什么特别疼痛，他顶害怕的却是不时还要绞着肚子白白挨饿的时光！

有一次，阿强牵牛回去后便跑回家里去，那是夏天的黄昏，他还记得一些星星已经亮亮地嵌在深碧的天空里了。他走前去看见在家屋前的铺满湿草，杂着牛鸡等粪溺的泥尘上，平时凶悍得一头野牛似的父亲现在却软弱得如同一只小猫般毫无抵抗地给一个汉子按住痛打，又扯了他的耳朵，好象强迫他舔吃地上的秽物！

呆了一下，父亲在暴力下面忍耐着的痉挛一阵阵好象榨压机般紧紧地压得阿强的心头有些疼痛！

——那不是阿二爹么？！那汉子！……

那汉子抬起闪着野火般的眼光的脸孔来时，阿强的心头更狂跳得利害！这不是骇怕、惶惑！他小小的心房汹涌起来一阵按捺不住的洪流毒焰在里面燃烧起来！

阿二爹是地主兼土劣黄大爷的一等走狗，他专门代主人榨压和凌虐一般农民，现在他正发泄着兽性把拳头足尖粗暴地捶下在棉花般的不敢反抗的奴隶身上，却冷不防天地好象翻了个转身般，自己的头部上给重重地打击了一下！

阿强正想把手中的粗木棒准备第二下有力的痛击，但倒在门口哀哭着的母亲突然发狂似的跳起来把他拉开了！

——大祸，天大的祸呀！……你，阿强你疯了吗？……他是阿二爹，是我们黄大爷的……呀！是我们委实没有力量偿还他的地瓜！……你，阿二爹呀！……我求你，求你，……这孩子是疯病了的呀！……

接着不用说阿强的小身体也不晓得给一些什么人横打直抽地打得死去活来！父亲和母亲只有倒在地上抽泣着，哀哭着！

地主们无理的凌虐农民，难道阿强不可以反抗一下么！然而你们看吧，在地主土劣的淫威下面没有有力的组织和团结的斗争是终归失败的，何况阿强单单是一个小孩子。

阿强以后越发对阿二爹和黄大爷们愤恨透了！整天都想找机会反抗他们，他唯一的愿望便是把这些吸血鬼们通通杀净了，把可爱的牛儿和田地都归他们农人自己耕种、享用。

他村里有一位族叔阿柏，是一个顽健得如同一条好水牛的农民。他敞开上衣从田里回来，忽然看见阿强躺在草坪上呆望着牛儿吃草，别的孩子们却搅成一团的在游戏。

——你呆想着什么呀？孩子！

阿强睁起他的大眼睛，但这眼睛里面放射出来一些忧郁！

——……你，不瞒你柏叔叔说，我委实恨透了阿二爹他们，我们穷人真的没法子对他们反抗吗？

——哈哈！你倒是有思想的孩子！你恨他们吗？……不要愁，我们穷人对他们的斗争快要到了，那时，你瞧罢，只可惜你孩子不懂得！……

——真的么？……孩子为什么比不上大人呀？你瞧，柏叔叔，我站起来快要和你的肩头一样高了，什么事我不会干？好叔叔，只要你肯给我设法子！

——等着罢！这不是为你个人的法子，是整个村里的。现在还不是时机，时机到来的时候你也许会尽一份力量。我晓得你是个真正的小布尔什维克，你父亲，他太不行了！……

"布尔什维克？！"小弟妹们，你们也许不大明白这个名词吧？这是大人们对你们隐瞒着的字句。但读下去罢！象阿强这样的一个孩子便是小布尔哩！

阿强很快乐地跳跃着，不消说他从来就没有听过这样新奇的名儿！但阿柏叔给他解说得明明白白，还对他说了很多同样从来没有听过、想过的事情。

×军的进展快要逼进阿强的乡村，你们晓得×军是专要铲除万恶的制度和肃清吃人的地主土劣们——黄大爷和阿二爹、三老爹这一类人——的，而在我们的阿强和大众的农民工人们却是天上的救星，是真正的同志斗士！

一个夜里，阿柏叔悄悄地踏着树影和月光凌乱的山野，领阿强到一个石洞里去！

去做什么呢？原来阿柏叔和村中别的许多叔叔哥哥们都是觉悟了的农民，是真正的布尔什维克。他们响应着外面距离只有二十里的×军,秘密会议着怎样里应外合的做最后的斗争!打倒他们的敌人地主土劣,建立起来真正的苏维埃区域!

　　黄大爷的走狗乡团们当然大卖气力地严重搜查,把守,请救兵……可是他们的末运已经到了,他们恐慌得好象热锅上的蚂蚁!

　　阿强,还有别的许多村民,他们的心里却充满着兴奋极了的喜悦!

　　这两天已经派出去的几个送信者都遭了狗们的缉获,外面的×军不晓得村里的实情,再耽延一两天下去,等到帮助敌人的军兵到来时那便糟了!

　　在石洞里,月光斜斜地透进来,照着阿强的眼睛在闪耀,他忽地伸出小拳头来说道:

　　——让我冲出狗们的把守送信去罢!就在今夜里。我是小孩子,不怕的,我可以乘机瞒混他们的侦缉!我,我要担负起这重大的使命!

　　在×军的集团里,×的兵长叶和高兴得紧紧地把阿强拥抱起来!

　　——看这个敬爱的小同志!兄弟们!……前进吧,兄弟们!

　　乡团给缴械了,黄大爷们统统给农民枪杀了,大部分的×军开进村里来时,英勇的阿强高高地撑起一面血红的旗帜,走在他们面前引路。

　　——看呀!好个真正的小布尔什维克,好个英勇的擎旗手!

　　蓄着脏乱的胡子的×军士兵和农民们,在路上错乱地叫着!

新时代的小弟妹们！你们都愿意做这样的一个小布尔什维克，小斗士吗？

现在，阿强是个小布尔什维克，他是个英勇的擎旗手！

## 友人C君

友人C君终于在秋风海上正黄昏的异乡里和我们把晤着了，这看来真有些近于奇迹！

就在那天晚上，我和朴刚好踏着路旁落叶，从工作所跑回我们的亭子间里，坐下去悠悠地吐着几口气的时候，耳际忽地跳跃来几句喊着"朴兄，朴兄"的纯熟的乡音，接着后门也被轻轻地敲打着！

"哟呀！……！"我们都诧愕着，"这儿还有谁个故乡的朋友会找我们来呢？……"

我连忙从窗口俯瞰下去，来客的瘦白的脸庞恰好望上来和我打个照面！

"哟，是C君，C君呀！……"

我还没有把头部掉转回来，朴已经泻水一般在楼梯上滚下去了。

大家都颤动着指头紧紧握了一回手。我看C君，他的唇角微微地在颤动着，枯涩的眼里现在好象浮上一瞥的光芒。

"真想不到的，C君！你竟来了！你……"

"你此刻刚上岸的吧？真想不到！一个人独自跑来的吧？……"

"唉唉！……此刻刚到的……唉呀！……"C君的样子兴奋极了，但依然是叹着气的调子！他并不把眼光来答复我们的脸孔，忽然紧紧地打叠起两道眉峰，有些惶惑地溜视着一切。

"唉唉！这就是你们的房子吗？分租的？"他在小桌旁坐下了，还没有抬上他的眼睛，而且声音是很局促的。

他开始好象很不相信这样狭小湫污的亭子间，便是我们两个的睡觉吃饭……之所，后来，他把眼睛很急速地向我们闪视了几下，点着头。

我自然性急地追问他为什么突如其来的原故。

"唉唉，这非一两语所可尽，慢慢再谈吧！总之，唉！……"他叹气了！

终于朴穿上外衣同他一道出去了。C君只是兴奋着，局促着，好似我们这亭子间正从四方八面向他缩拢了来，你坐不下去，站起来说要朴跟他一道到旅馆去安置一间房间，检点行李，以后让他躺着休息一下。下楼的时候，我竟担心着他那不安定的腿儿会踏了个空！

我坐下来把打气炉生了火烧饭吃。眼看那水蒸气渐渐腾突出来的白烟，竟悠悠地想着过去我们在故乡和他一道游乐谈笑的种种印象来。

正是去年溽暑退尽的时候，我和朴在南中国的故乡的一所村落里做学校教师。学校和我们寓所的距离大约有三四里路的光景，两人就象鸟儿般早出晚归，天天跑过村里的小官道、河沿、田塍，和一个小火车站。差不多是到了中秋节的前几天吧，那天近晚我们正一前一后地静听着各人沙沙着地的步声，迎着天末和山尖间的落霞，由校里打从火车过后的车站前面跑过的时候，背后忽然添上了第三者的渐近渐急促的步声，快到身旁了，我们都下意识地掉转头去望望，却出其不意地碰到了别有经年的C君！

C君是这村里一位过去算是第一个大地主而现在已经衰落下来的南洋富商的子孙，是朴幼年时分在一个小市镇里念书的同学。此后C君过的完全是公子哥儿般的生活，在家园里幽居着读读古书，种花饲鸟。他写得一手很稳帖的魏碑，而且，几年以前在我们那小市镇的一家报纸上还每天都有他的旧诗词发表，所以，虽然只有晤过一次面的我对于他也有点难忘的印象。

当下C君在他薄瘦的脸上透着惊喜的光彩，彼此互问了一些近状之后他便邀我俩到他家里去坐谈。

他的家庭是一个四五十人口的大家庭，那种繁荣过后的零落气氛也特别表现得利害，大厅上的雕梁画栋不用说早已封蔽了层叠的蛛网、尘垢，就是那些黑压压沉甸甸的几桌古玩之类也失去它陈设点缀的任务，而变成晾晒衣服的架子或旁的实用的东西。

C君再引我们到他的小书房里去。这儿虽然陈列得古雅幽朴，可是也充分地暴露着主人翁的颓废浪漫的情调。而使我感到注意的却是在周遭那古色古香的藏书里面，却杂混着许多新出版的文艺书籍，《创造月刊》和张某的恋爱小说集都一册不缺的被插置着。就在这小小的书室里，C君度过了他的青春，也许还度着他往后无涯的岁月吧？这使我不得不把惊叹的眼光来细细地观赏着。

那晚上就在C君家里饱吃了一餐。酒后，木讷无言的C君却慷慨激昂地纵谈起来。开始是对一般社会现象的不满和谩骂、批评；他的双眸虽然在红色的脸孔上炯炯地闪着光辉，可是悠长的叹息也渐渐缓和了他的情绪，到后来谈到他自家的生活方面来时，他的那对醉眼是比早间更其黯淡了！他说，他虽还没踏进社会的核心去，但只是这样的站在旁观看看，已尽够使他吃惊和烦恶了；所以数年以来的他只抱了跟社会越离开越好，人家把他忘却了，他也忘却了人家，远远的躲藏起来的态度。可是，他再说，到现在事实已告诉他这是不可能了，失败了。佃户已不愿意白白地给他交租，米谷收回的不及从前一半；族长乡绅们也看穿了他是再也不能发展的子弟，房屋园池骗上了手还逢人就数说他的不是；一班的朋友青年却骂他是落伍者，偶而在路上碰见时只有投射他以轻蔑的眼色……而且，母亲和妻子不是整天卧病便是时时吵闹，委实，这生活非变更一下不能了，何况自己内心也起了巨大的波澜！然而要怎样的把生活变更呢？要怎样来投进这丑恶、混乱的社会呢？不消说自己是个十二分的弱者，自己现在就陷在这苦闷当中！

"唉唉！这些事情我真不该多说，说来是败坏你们的心绪的，我们今天是意外的重逢。唉唉！还是多喝两口酒罢，这酒倒还不差！……"

这个小世界终于起了震动了，时代的洪涛终究冲激起来，我们谁个能不给卷进波浪里去呢？

午夜的秋月是皎亮极了，辞别的时候，C君特地走进家里去把家藏的一根铁手杖找出来拿在手里，送我们过了一道小桥才独自回去。

以后C君成了我俩在这村落里的唯一友侣了。一遇假日，那南国村落里缀满红叶的小丘，碧草如茵的郊原，总少不了我们和C君的足迹；尤其是秋夜的小河上闪烁着晶莹的秋月，朴和C君总是轮番地自己划着小船，泛乎中流，呼啸谈笑着的。冬天到了，晒着和煦的阳光，三个人躺在草地上悠悠地聚谈，看看稍带苍老的青山，照照清流里的倒影；或者就在夜里围坐室内，喝喝C君的家藏宿酿，听听窗外尖叫着的北风，直至夜深才分手的时候也有过。说起来，这种幽花般的生活原是舒适的，但我们怎能把那坚苦中获得来的意念让它消沉下去呢？我们已决定远别故乡，干我们所应当干的事业了。至于C君，近来谈话间叹气的成分已减少许多了。有的时候他简直象小孩子，无邪的张开着口儿在探听一切的理论。可是他的根性支配了他，环境若不把他从那小世界里紧紧地排挤出来，无论如何他是不能够用自己的力量跳跃出来的。

寒假到时，我们结束了这样的生活暂时回到C市去。临行那天, C君挽着他一位四岁大的孩子来小车站上送行。他是晓得我们快要到上海来的，只不住地叹着气，说自己真没勇气来摆脱一切，不然他一定突破了这牢狱一样的故乡，飞出去的。

火车开行了，孩子睁着两只大眼睛对火车表示无限的诧愕，他是从来还未曾看过火车的，虽然车站离家只不过三几里路程。接着他便哭着硬要攀上车里来跟我们一道，弄得紧皱起双眉的C君只有不断地叹息，给在怀中滚哭着的孩子弄得窘急万分。

我们到这儿来后虽曾给他几次信，可是只得到懒于写信的C君的一次简短无聊的复音。今天，他竟老远地从数千里外的故乡跑到这儿来了，终于别离了他恋恋不舍的妻儿和那个小世界独自飘泊到这儿来了，这还不是值得我们诧愕的一回事么？

旧梦追忆完了，我的炉上的饭菜也已经熟透了。

隔天早晨，朴到工作所里去了，他是不能再请假的。我偷空忙把几天来积下的衣服洗一洗，出门的时候已经快敲九点钟了。我想：C君定在旅馆里延颈地待我领他找房子去吧。

匆匆地找到那旅馆，踏进房里去时一看，C君还在床上揉擦疲倦的眼皮。

"呵，你睡得好吧，昨天晚上？现在看看就快要日午了！"我坐在椅子看他慢慢地单把牙齿就刷了半个钟头。

"忙什么？唉唉，等吃了早点一同去吧！"

只有一宵，C君又恢复了悠然的态度了。

"过了上半天旅馆要多算你一天房金的，我们还是把行李托账房之后快点找房子去吧！"

"这倒不要紧，横竖脑子里还是昏昏沉沉的，在这里多住一天也便当的。"

我一想，C君究竟和我们不同的，此次出来，钱大约还带有一点吧。但以后却不晓得要怎样生活下去呢？想到这里，我忽然看见壁角的一只网篮里面，C君把它装满了古今书籍从故乡带出来！

"你想把它们带出来干么呢？拍卖么？"

"拍卖是舍不得的！唉唉，就是这些东西讨厌煞人，丢在家里和带在客地都是麻烦的！唉唉，还有那只大皮箧呢，也装了书的；不过无聊的时候看看倒是需要的。"他还指着床底下的一只旧皮箧说。

到头C君总算把脸孔洗好，把衣服穿上了，才慢吞吞地喝了一杯牛奶。

"房子的事情午后才找去好吧，此刻，想请你先领我到几个大公司去看看吧，因为……"C君披上他的秋哗叽长衣。

"你想买东西么？也可以的。"我想，C君为什么想起要瞻仰物质文明呢？

大公司刚好大减价着，里面汹涌着各种人的混流；我和C君也滚进这混流里面，无目的的给滚来滚去滚得神经衰弱的我有点眼眩起来！

"你究竟想买些什么呢？……"我把眼光跟着C君身上看时，才发见他有些滑稽得可笑的表情和动作了。他背着两手拉长颈子的向每一行列的货色走拢了去，低下头又匆促又想经心地视赏了一下便走向旁的；时而把皇惑的眼光投射着左右的买客们，接着又转过头来对我望望，好象要说些什么但却又噤住了。他有时皱皱眉，有时轻轻地点点首，但可没有把气叹出来！

"你想买些什么吗？……"我再问他。

"我呵，……看看罢；这里的东西真不少！每种都给瞧瞧罢，有可以买的便买些……"我看见他说话时两唇在微微地颤动。

我们跟着人流滚上公司的第一层楼。这儿陈设的比楼下更为华美——是妇女们醉心炫眼的服料场。映着灯光而闪烁着缀了珠珞的，从上面低垂下来的什么外国纱，简直透明轻软得没有东西可以把它形容；其余的锦绣罗绮也艳丽的很。这儿不是男性所憧憬的境地，但C君却睁了比刚才更其惊叹的眼光站得远远地一一视望着；顾客稀少的地方，还偷偷地伸出指头，忸怩似的摸挲着每种不同的东西。

"明君！你，你看这……家里人说要我给她剪一两件衣料寄回去，你看这一种怎么样呢？……"忽然，C君回过头来不好意思地对我轻轻说着。他在替那爱慕着上海的繁华的妻领略着这些罪恶的诱惑吧？

"很好罢！我想。"我是不懂得的。

"这一种呢？……呵呵！价钱都是太贵了，看不出的！唉呀！"C君的一口长气终在这儿叹出来了！他摇着头向我苦笑。结果他买了每码不到一元的旗袍料两件。买后他还不死了心，一直把差不多每种东西都远视近视地饱看后才跳上二层楼去。

二层楼在开着皮鞋和首饰等的展览会。在这儿C君看中了一只镌有英文字母的金戒指和一对高跟女鞋。接着他踌躇起来说不晓得要单买那一样好。后来他发现了皮鞋的价值要十多块钱，他开始是皱了眉恨恨地对它们谩骂了几声，终于两件东西都没有买到的跑开来。

我又跟他跑上了三层楼，四层楼。顾客稀少的地方店员们尽管张开眼睛在向衣衫不漂亮，只有观赏而没有购买的来客们加以监视，好象我们就快要犯了罪的样子！我把C君催了好几次了，但他甚至连搁食物的漆器，大小便用的东西都不放弃的看了一遍。

我们走到最末一层来了。C君一眼看见了小孩子用的小汽车、摇篮、小木马……便孩子似的欢呼起来！他说他五岁的孩子因为瞧了邻家做了政客的叔叔由香港买来给他儿子的小摩托车便哭着要了好几次，但村里和C市都没得买。现在，他说，这辆红色的就比那个漂亮多了，应该买给孩子了。他甚至连要怎样寄回家去的方法都给我商量起来。

"还有这只睡车也买给我去年出世的S儿，如何？哈哈！"C君似乎感到自己兴奋的态度有点难为情了，很装做的笑着。

"当然好的！"我也陪他笑着。

"可是，呃！……"他似乎从美梦里惊醒转来，连忙俯下身子去看东西上的价目表。

"哎哟！这辆小汽车就要三十多块钱一辆！"这瞬间他脸上的阴影好象一重云翳般袭上来了，他暴露出来的苦闷使我心里跳了一下！

"他妈的！……"粗恶的咒骂毫不经意地从他颤动着的唇边溜将出来，接着他的表情由苦闷变成紧张了！"把炸弹来把这些炸成粉碎！只有他们能够享用吗？……"他喃喃地自语着，我却不觉暗暗地笑了！

我们终于坐了升降机下来。在楼下C君的情绪好象缓和了许多，又买了一打毛巾和两张小孩玩用的有声画片。

这时已是午后两点钟了，我的肚子饥饿得很，而C君呢，他象完全忘记了午餐这一回事般，恨恨地，同时又是恋恋地和我走出这大公司的铁门。

　　C君独自在一个亭子间里住了满满的十天了。我们因为白天都忙,晚上哩,总是偷空到他那里去的。见面的时候他不是唉声叹气地吐着这大都市的一些牢骚,便是开心似的给我们数说二房东太太以及娘姨的怎样可恨、讨厌。而对于自己到这儿来后的生活的目标,除了叹着长气之外他是避开不谈的。我骇异,在故乡已经起了向新生活追求的波动的C君,为什么到外边一受到更浓烈的刺激,却反而销沉下去呢?现在,除了转变过去对一切势力屈服着,投进它们的营垒以外,故乡他还能回去吗?

　　他只是茫茫然地躲在亭子间里吃他每天两次的包饭,到后来,他路也不愿意空跑去了,就连对我们的晤谈也不大愿意的样子!

　　一个星期天的下午,我们跑到那里去把他紧闭着的房门敲打着,等了好半天C君才从门缝里伸出睡眼蒙胧的脸孔来!

　　"对不起,你到这时候才起的身吗?"看了他那全无表情的脸孔和大而长的呵欠,我不觉笑了!

　　"昨晚上三点多钟才睡的……"

　　"为什么弄的这样晏吧?睡不着么?"

　　"睡倒是一合眼就睡着的。夜里看看一些书,烧烧点东西吃,也不晓得怎样,不知不觉就到了三点钟了。大概每天都是这样的。"

　　"大概孤独的人总喜欢深夜,而愿意把纷扰的白天消灭在睡梦中的。"朴笑着说。

　　"今天我们一同到郊外跑跑好么?你整天躲在屋子里是不

好的。"

"这有什么好不好呢？出门如果没有汽车，还是不出的好吧，讨厌极了！……"

"究竟，C君呀！你想怎样生活下去呢？你要凭自己的力量勇气来找寻自己的出路，这样一天挨过一天是危险的吧？……"朴忽然很坚决地这样说出来。

"唉唉！……这有什么法子呢？虽然现在已经是事到临头，但是，我有着的只是一个不健全的身体和灵魂，喊我如何冲向前去呢？社会于我真没有办法了，我只好……唉唉！真是没有办法呵！……现在衣袋里还有余钱，我们喝喝酒去罢，这个秋天！……"他有点兴奋起来的样子，赶着洗脸和穿起衣服来。

又过了几个星期，C君的旅囊告罄，而他所唯一希望着的在南洋的叔叔会每月寄给他些用款的希望也决难实现了。他把剩下来的几块钱买了船票才跑来和我们告别，事前，他毫没有下决心的。我们也偷空送他到码头上去，船开行的时候，他那枯涩的两只眼眶里忽然流下两滴清泪来！

"我自己明白自己的薄弱、懦怯！真理不是我可以追求的东西，我以后将不能过着人的生活了！唉唉，这有什么法子呢？……只望你们，你们比我好的多了，社会是需要你们的，你们努力罢！……"

我们看着他那凄惶的影子渐渐远去，我们对他绝望了！

以后一直没有得到C君的消息！

一九三〇，仲秋于上海。

## 贩卖婴儿的妇人

一天，是寒雨满街的仲冬时候，冷湿的空气荡在空中，刺着人的皮肤，好象微细的虫豸钻入衣服里面向皮肤咬着的样子。天色很灰暗，街上虽然还有许多车马在奔驰，却显得格外冷静。

在一家荐头店中，里面坐满了许多老的少的失业妇人们。她们都冻红了鼻尖，两手缩进在袖子里面，收短了项颈，瑟缩地挤坐在椅子上。她们底整个的心都给生活的实际的绳索缚住了，似乎什么都施展不得。其中有一个比较年青的妇人，怀里抱着一个婴儿，虽则她底两眼还蕴藏着青春的火焰，可是一副脸颊却枯燥得几乎和骷髅一个样子。她一会凝视着街上的雨丝，一会凝视着中堂上所悬挂的关公像。这样，她呢呢喃喃地默求着：

"菩萨爷爷，快给我一个东家罢！否则我不能度过这个冬天了！"

一边，她的眼泪就流下来。

"李细妹,你又哭做什么呢?"坐在她旁边的一个约五十岁的老婆子向她劝慰道:"你不会很久找不到东家的,你比较年青。现在一班雇娘姨和乳母的人,都先拣选又强壮又白嫩的去的。象我们这样的年纪,总是老坐在这里望马路。你不要哭罢!"

"我却坐在这里二十九天了,"她说,"这样下去,我哪里付得出饭钱。"

可是正是这个时候,却从门外踏进了一个商人风度的中年男子,穿着皮袍,上面套着橡皮雨衣,雨水浔浔地滴下来。他的态度似陌生而匆忙的,向屋内的周围乱转。

店里许多人给他的眼光一扫,人人抖擞精神,无意识地整理着衣袖和头发。有的从打盹中给同伴推醒过来,两手不住地揉着眼睛。

老板本来和两个男的一个女的在搓麻雀,这时也立刻停了赌,站起来招待他,一边摇晃着他的肥胖的身子。

她们的胸膛都微微跳动起来,眼光盯住在那个雇主的身上,似乎都想向他吸引进去。

"这个,怎么样?"他指着李细妹说,"不过要试一试奶。"

老板滑稽地对她笑了一下,吞吐地答:

"她,她,好,最好……"

"但是,"那个雇主又说,"在她自己的手里还抱着一个小孩,这先要安置好以后才可到我家里去。"

老板承接着和气地说:

"这当然,"一边转头向李细妹,"你想……"

"我知道的,"妇人答,"不过我没有亲戚可寄托,而且……

他的爸爸才死了！"

一边她又流下泪。这不单是悲哀，还交织着得了职业的欢喜和想要主人通融准她带婴儿去工作的复杂心理。

"我就因为内人临身了才来请奶妈的，哪里能够……"雇主皱着眉头说，"我是要你的奶，否则……"

"快点打定主意罢！你看，这里人并不是你一个。"老板摸着胡子催着她。

"等我想一下！"她哀恳地带着泪声说。接着心里匆忙得不堪，想要职业，便不得不抛弃婴儿；要婴儿便没有职业。结局总要失掉一件！两全的方法，在眼前是没有了！她看着怀里的婴儿，红红的闭着眼，象虫一般在蠕动，自己的干瘪的两个乳房看看内面的乳汁已快要完了——一面婴儿在吃乳，一面没有充分的食物的她，近来觉得乳汁稀少的可怕，婴儿常常哭着，是因为吃不饱。她想，如果没有职业，一月半月之后，不怕自己和婴儿都不化成了饿鬼！还是自己救自己吧！婴儿虽然可爱，但贫穷的母亲已经到了没有乳汁喂养的地步了，不得不抛弃了！……

她苦想了一会，决然地说：

"我愿离开婴儿！"她想起饥饿的妖魔在纠缠着她时的苦况，重又说着，"我愿单身到你家里去！"

"那好了。"雇主微笑的点着头。

"虽然这样，我的孩儿到底安放到哪里去呢？"她象追悔一般，惨然说。

"拿到育婴堂去吧！"老板对她说。

"育婴堂？……算罢！那末，老板，须等我把儿子送到育婴堂那里去之后，才能够到你家里做工。今天怕赶不上了，明天一早好吗？……"她决然地一气说了。

那雇主只得留下地址给她。

她想到自己不得不把自己的儿子丢掉而去服侍他人的未来的儿子时，胸头不禁燃起了万丈愤恨之火！想不要受雇，但回头生活便来苦追着你！儿子暂时离开了，将来或许还有重圆的希望；不然，眼前就只有死……她一面想着一面目送着那个向雨中隐没了背影的雇主。

她这样决定了之后，马上便出了荐头店，抱着婴孩，撑着破油纸雨伞，跑向育婴堂方面去了。

雨越下越大，从伞的隙缝流下来的雨水滴在婴孩的头上，他哑哑地哭了。她一面抚慰着他，一面和风雨抵抗。

中途，她遇着了从前是邻人的朱妈。朱妈慌张地问她到哪儿去。

"到育婴堂去！"她简单的答。

"育婴堂？"她惊讶起来了，过了一会，方渐渐明白她的底细。

"细妹！我劝你育婴堂不要去！把这末一个小婴孩送进那里，就象一块肥肉送进虎口一般，不用巴望会活的了。"朱妈很认真地说。

"为什么？育婴堂不是专门替穷人们养育儿子的吗？为什么你倒说……"她不能了解朱妈的话。

"外面自然是说得十分好听，可是内里就糟糕到令人痛恨！我的甥女不是因为无力养育孩子，才把出世不够三个月的婴孩送到那儿去。几天前我去看看，可怜婴孩已经饿死了！我气不过，问里面的人为什么把孩子弄死了，你听他们怎么说？他们说：'你们这班穷人胆敢生子，自己一个人不饿死就是万幸了。到这里来的孩子还巴望他平安地长大，真是梦想！象这样的孩子一天不知要死几个哩！如果人人象你一般要来罗唣，那末，我们只好关门了……'细妹，明知孩子养不活也不要把他送到那个地方去……"朱妈又悲哀又愤激地说。

"那末？……"李细妹听后只呆望着怀里的婴儿，"要把他怎么办呢？我又不能带他去做工！"

"卖掉好哩！有钱买儿子的人大概家当都比我们的好，胜似我们自己养着。"朱妈教她把儿子卖掉。

"卖掉？"她目注着朱妈又注视婴孩，茫然地。

"难道白送到育婴堂去让他饿死吗？卖了又有钱用，孩子本身又妥当。"朱妈说着，"你自己细想吧！"便自去了。

她一个人呆站在路上，想了好久，滴了几点热泪在婴儿的头上之后，便拔开步很快地跑向小菜场那儿去。

菜场里卖着鱼，菜，肉，牲畜，花，什么都有；但是卖婴孩的却只有李细妹一人。她怀里抱着婴孩四处兜售，又不便高声，遇着人，只悄悄地问：

"要小孩吗？两个月，男的。"

有的人以为她疯了，笑了一声便跑开去；有的好奇，跟着她调笑。

卖买的人渐渐稀少了，菜场里不象刚才那样的拥挤了。细妹的婴孩还卖不出手，她十分焦急地逢人便问："要不要小孩？

男的！"

有一个年近五十岁的工人模样的，听她叫卖小孩，心里一动，便走近她身边来。因为他的老婆近日生了一个小孩，不幸死了，现在正在悲哀着，而且两只乳房给乳汁胀得大而且坚，苦痛到了不得。

——如她不要高价，买回去，她一定高兴哩。他这样想时已经跑近李细妹身边了。

"卖小孩？好奇怪！要多少钱？"他问着。

"啊，你说多少钱啦！"她喜欢得很，因为居然有人来接洽了。

"哈哈，货物是你的，倒来问我价钱呢！"他笑起来了。

"两块钱吧！"她说。

"啊！两块钱？"他惊异了，这简直是便宜之至的价格。一只鸡亦须一块钱哩！

"一块钱吧！"他照买菜时的习惯，只还了一半的价。"要不要？老实说，我此刻身上亦只有一块钱，再多点便买不起了。"

"好的好的！"她略为踌躇一下，便满口答应了。

当他俩在做交易的时候，围拢来看的人很多，差不多围得水泄不通了。在菜场维持治安的印度巡捕背着枪跑近来查看。同时有个中国人的包探亦跑近来了。

围看的人纷纷散开，包探把李细妹捉住。

"好大胆！在做什么勾当呀！贩卖人口！胆敢贩卖人口！"

当李细妹被那个庞大的印度巡捕的长着粗毛的手抓着向菜场外拉去的时候，她呼喊着：

"我没有饭吃了,要做工,主人不准我带孩子;我要孩子就没有工作。放进育婴堂去又只有死,把他卖了,你们又说我犯罪!……我把我的儿子救活,你们不肯;一定要我和儿子都饿死了,你们才称心了么?……把我们都杀尽了,你们才欢喜的!……"

但是,巡捕丝毫不睬她,无情地把她拖去。街上是落不尽的寒雨。站满在菜场檐下的群众只是愕然,骚然着。

# 红的日记

五月廿八日

把印着他妈的什么遗像遗嘱等东西的硬封面连同已经涂上墨迹的上半部一起撕掉，这册日记马上就变成赤裸裸的白纸簿子，还附着日历的。好呀！我立即抓起这根秃头的自来水笔，在第一页上，填上，大大的四个字"红的日记"，底下还歪歪地签了个马英的小名字。

哈哈，你以后是我的好朋友了！连同这根性命也似的步枪；吃饭、拉矢[1]都紧紧跟在一起啦！哈哈，可爱呀！我的铁情人，我的小孩子宝宝！可不是么？既然这根有着沉重的力和灿烂的热

---

[1] 拉矢：拉屎。为避免粗俗不雅的字眼，作者用同音字替代，起润饰作用。

情能够支配着人的步枪早已成了我的情人，那这册白裸裸地，可以向它低语温存的日记，不就是我的 little baby 么？……

这些灿烂调真是不要说的好，什么情人，什么孩子？看吧！我们是铁和火的集团，我们红军的脑袋，眼睛里面只有一件东西：溅着鲜红的热血和一切榨取阶级、统治阶级拼个他死我活！

好快活呀！早上三点多钟的时候我们又是不用妄流一滴血的把这个 T 城攻下了！我们的嗓子只喊得哑了，肿了而已。后天开大会的时候一定忍不住地又要下死劲地叫喊，演说！死沉沉的左城真需要狂热的喊声来把它煽动起来的，喉咙痛了又算得什么呢？顶要紧也不外好象给破玻璃划下去这样吧！

大家都快活得要死！团长同志抱着一箱子一箱子遗留在城里为我们所有的子弹跳跃着，欢笑着。

他让自己的胡须碰着它们，好几次我以为他想和它们接吻啦！尤其是农民赤卫军们，对着那些早日深藏在这城里的食盐、布匹……等东西都心头痒痒地叫喊，指手划脚！可是他们都是同志，都服从党代表的命令，都不敢私下和它们碰一碰指头地等待着委员会的分配。

晤到了先期潜进城里来工作的同志时，大鼻子好象摇晃起来般的党代表同志便跳上去给他们一个发狂似的拥抱，接着是哈哈的笑了，这笑在平时我们是老看不见的。

好几个不惯于扎上红肩章的城里少年同志们跑在前面，跟在后面的我们这小组一共七个人逐一地把土劣们的家宅搜检。人物早已逃的逃，被抓的已抓了去，我们的任务只有很麻烦地登记着一切可以分配给大众吃用的东西。一位同志从抽屉里捡出这部日记来,他说:"撕掉它吧!这毫无用处的东西!""不呀!有一些可以利用的地方我们都要保存,我正需要一些白纸张来写写字呀!"于是他笑着交给我。一定是他妈的劣绅儿子所用的东西,刚才看了撕去的一二页,可把我笑死了,都是一些糊涂的鬼生活!

写了一大堆废话,倒把今天伟大的作战情况一字也没说及。也难怪,我自己是个好乱写胡想的东西,而我们可有十多天没有一刻儿宁静下来的时间和找不到一片干净的纸屑,此刻真是写意地呀!以后总有好几天可以多写一点吧!

他们都打起鼾声,可爱的同志家伙们呀!好,让我也躺下来吧,委实疲倦极了,抱着这根步枪和这册小日记躺下来睡觉吧!

真好个闪烁得有趣的天空呀!我们今晚上是睡在 T 城夫子庙的大廊下。

今晚上嗅不到山中草野和泥土的气息了!

还有应试记上去的是党代表同志这一次的作战计划又得到成功了!五天以前,在 K 山上他对我们说一定要赶到 T 城来开纪念五卅大会。

## 五月廿九日

只昨天一天的工夫,我们便把这周围十里多的 T 城全体涂上了鲜红的胭脂!每一个角落——每一个短垣断壁,都好象从里面跳出来般浮现着廿四点钟以前这儿的人民仅仅连讲都不敢讲在一起的一组组的大字！

巍峨壮丽的大房子，大祠堂，大商店……的粉墙上，在人的眼前跳出斗大的黑字，红字，黑的、黄污的泥壁上也好象睁开眼睛般闪出白的蓝的字样；这些字样不论大小都跃动着惊心夺目的热力，放射着万丈的光芒；这些字样组合起来是一句句颤动了人的心房，煽动了人的灵魂的标语！

这些标语不是用墨水或别的颜料写成，也不需要什么毛笔，钢笔这类的东西。我们的先锋队只要高撑红旗踏进城里去的时候，那跟后面的红军赤卫军……便只有一面高喊着口号，唱歌，一面便雕刻着标语！石头，刀柄……便是我们的器具；长官同志，红军兄弟，农民群众都一齐动起手来，我们的队伍里，不论是挑水煮饭的兄弟们，目不识丁的同志们，最低限度他们也学会了一两句笔画简省的标语！接着，分成小组的我们便各处找着民房，商店，找了多量的石灰和着胶漆，东穿西撞地把已刻上或未刻上的一切建筑物填写上去！

城里已开辟有好几条马路，这儿我们的宣传技术尤其巧妙得多。在两旁树荫下，砂石的路道上很规则地嵌进去很大很大的红砖砌成的字样，人一面跑一面那低垂的眼光都被它吸引了去，狂热地跑着，读下去，不想转弯，也忘记抹角！

今天我们就这样地跑了一天！人们都燃着狂热的眼光跟我们跑着，有的已经学会了的便自动书写起来！妇女们都躲在门后门前纷纭的议论着，害怕还比好奇心来得利害些！我跑前去给她们解释，拉她们的肩膀。但那个给我握住手的姑娘却急得眼泪直流，慌得我连忙走开了！真是傻家伙，我不懂得这儿的方言，只好赶紧解开前胸给她们看我是她们的同性！哈哈！迟几天这些躲在门后的倒霉女人都要把他们拉进群众里面去！她们真是太不行了！我得告诉党代表同志赶快讨论着组织妇女部的计划。

我们跑到的地方一些工农穷苦群众和小商人们都集拢来欢迎我们，赞谢我们，把我们看成神兵下凡似的，真不得了！我们只好使劲地喊着哑声音，替他们解释着一切，叫他们自身觉醒。他们都以为现在的得到解放自由全是红军的力量，把我们已看成观音菩萨，有一个小染布坊的工人因为我们把他的豪绅资产阶级的坊主交给他们全体审判后立即枪决了去而高兴得差不多发狂，赶回去把家里老婆养着的两头肥猪——他们仅有的大财产——央人杀好了拿到这里来，硬要给我们每人都吃它一些！他的声音颤动着，随时都有流下感激的泪水来的可能，呀！我们同志们都好象每人手中的步枪那末铁与火似的呀！可是当队长同志和他紧紧握着手的时候，一种不能言说的情感却把我们的心房都激荡起来！

象这类的事情真记不了许多。但每一样都给我们一个"要更努力"的教训，中国的无产群众以及小资产阶级都被压在帝国主义、豪绅地主资产阶级的千层地狱下面，快要飞腾起来，必然地推进革命的队伍，而走在前线的我们是应该怎样坚锐地战斗着呵！

## 五月三十日

夫子庙前的大草坪充满了红的光辉，照耀着初夏的朝阳。不止这草坪，整个的T城就象一大炉红光灿耀的烈火！

红光是我们的精灵，是给帝国主义残杀了的烈士们的鲜血！草坪上的大集会是纪念着今天这个伟大的"五卅"！

群众都沐浴在红光里面，这集团是滚滚汹涌的怒涛，这里面分不出谁是红军兄弟，谁是同志，谁是工农群众！呵！多伟大的一个大集团！

这城里的男人差不多通通到会，除了一些老弱和疾病的；更奇怪的是女人们也呼姨唤嫂的闪进许多在人堆里，又怕又好奇地交头接耳谈个不休！

举行了五卅纪念的秩序后接着便继续开T城苏维埃成立大会！跳着斗大的白字的一面风帆也似的红旗从人海里飘展着高飞上来，替代了一片黑茫茫望不尽的头颅的，是黄赤色的仰望着的脸孔的海！

喊声和跃动好似把古旧宏大的夫子庙都震撼起来！谁都忘记了自己一身的存在，只有腾跃的血管和颤动的肌肉在整个庞大的怪物里面激荡！

血丝从肿了的喉头溅到干枯了的舌头上，等到散会的时候，才恢复自己的感觉，才晓得嗓子里针刺般痛着，舌头上也有一些咸咸地血的滋味！但我们真喊得爽快，说得开心呀！在群众当中我们都不是我们自己所有，在群众面前不把脑袋里的东西尽量吐泻出来是不可能的！管他妈的喉痛！

关于建设苏维埃政权的意义和组织法都在大会里宣告；演说和提案一直占去了三四个钟头。早上七点时开的大会到下午四时才算结束了。可是令人诧异的却是会场里喧嚣、纷乱的无秩序状况虽然很可以，然而一般群众自始至终却很少很少有散开去的，兴奋得连饥饿、疲劳都忘却了！

我提议了一条给通过的议案，那是：凡一切从前给反动势力所占有的建筑物、吃用物都归之大家公有，不准毁坏或私吞！我看见了许多不明白的农民同志们一推翻反动的统治阶级时，老是要把对他们的愤恨，一并迁移到给他们所占有的东西上面去，必得一道毁灭了去。这是如何蠢笨的念头呵，一切是我们的，我们为什么要毁掉自己有用的东西呢？

夫子庙是封建的残余物，却是给我们挂上了一幅红军第×军第×团……的有生命的标帜和刻了许多活跃的标语之后，它是我们有用的东西了。

组成了苏维埃委员会的委员们即刻又开始召集他们的会议，待解决的问题真多哩！他们一面咬着冷面包，一面进行他们的任务，他们差不多两个晚上没有睡觉了，据我所知道的。

这个当儿谁不想越发多做一些呢？为了我们伟大的革命。

今晚上巡哨的值日是我，六点钟的时候，沿着南边的方向一直巡哨到城外五十里的 G 村。

## 六月二日

我们这一团的部队，只有四百多个兄弟，两尊手机关和不够三箱的子弹，三百多根步枪、手枪和一些杂式的枪，每根都给紧紧地掮在每个兄弟的身上，另外那八九十位兄弟们却只有捏得紧紧的铁的拳头。

跟我们从C城一道作战来的，还有三五百位好象河流汇成江海似的，由每个村落里渐渐跑拢来集成的农民赤卫队。他们也有土枪，毛瑟枪……可是他们却不大需要这些，他们喜欢的十足代表封建色彩的武器，各乡有各乡的特产物，都是适宜于械斗的家伙。什么"竹竿镞"呀，"长镰仔"呀，都是用他们的土音做名字，我连喊都喊不出哩！他们蓄着长头发，胡须——实际上是没有机会好剃去罢了，胸头和肩膀上缠了炫着人眼的红色标帜；真是"草莽英雄"的气概！这个时代不是需要前线上的猛烈英雄么？虽然同时也要后方坚毅的斗士！他们是真不怕死的，谁都有火般的气焰。"为什么我们需要那劳什子的鸟枪呢？我们的血肉、肌骨和拳头便是铜钱，我们的性命便是一颗炸弹！……"这些话就是他们说的，虽则说的不很正确。

他们是那样地顽强，生铁一般，然而，在红旗前面在党代表同志嘶哑的声音底下，简直好象孩子般真率，女人般听话。

党代表同志在我们红军里边挑选了二十个同志做他们每一组的组长，我是里面的一个。不论作战的时候是怎样忙碌，可是一有机会，我们马上集合起来唱歌，谈话和认字，读书。

现在他们晓得什么是第三个国际，什么是马克思，列宁主义……！

在山野中，在战争气氛浓厚的地带，当我向环坐身边的他们灌造脑袋里的炸药时，张开粗陋的然而可爱的大口的他们的铁掌，尽管磨擦膝头，敲击着同伴的臂膀，或者吐骂着难听的愤恨的咒语……然而我不愿意禁遏他们这种举动。现在可好了，他们已晓得什么叫容忍，叫秩序；昨天大会的时候，我们一组里的阿朱大竟会在群众面前喊出一些简略和煽动的演说词！真高兴呀！那个时候我赶忙跑过去拥抱着他！他的两片厚嘴唇还因为适才的兴奋而颤动着！

下弦月亮晶晶地高悬在天空，借着一点月色，我们的部队分着八组向东，西……东南，西北，……八方面把 T 城紧紧围攻起来！

那个时候的一切我们都模糊了，现在，只记得起来路旁一些高大的树木，我们擦过去的时候，树叶上便洒下几点露珠来滴在我们的脸上，红头巾上！

下弦月亮晶晶地照耀在不起波澜的城河上面，河身很广，河的对岸又是一片荒地或园林，隐隐约约地，可以望见这庞大的古城的雉堞！

亮晶晶的下弦月底下，红的旗帜红的队伍好象怒潮般漫山遍野的滚向这古城来！

我们没有开枪，没有瞄准；枪在同志的背上，武器在同志们的胁下！我们只有拼命地飘荡我们红的旗帜，拼命地高喊从心底迸发出来的叫声！

"红军的军士是不杀穷苦的白军兵士的！……我们和你们都是好兄弟，好同志！……赶快觉醒来加进我们革命的队伍！……杀掉你们豪绅，地主，长官……！"

我们红军都喊着国语，湖南语，赤卫队们都喊着土语，广东语……差不多中国每一地的方言都有，差不多这些声音汇合起来会撼动这座古城！四野里没有空隙的地方，有的却给我们的身体和喊声挤满了！

我们是弹不虚发的，我们是不和穷苦的工农兵士们作战的。我们的喊声，叫得他们手足震动起来拿不上枪枝，心实慌乱起来不晓得要怎样来应付；我们合拢起来只有不满一千的兄弟，但喊声起处就好象千军万马的奔腾！呀呀！！

忘却了步枪，也忘却了自己！跳着，喊着，步枪好象捐在背上，手里依旧撑着那面大旗的我们，扑通地跳下城河冲过去！红的旗帜飘荡在月光水色烁闪着的河上，我们廿多个先锋队泗达彼岸的时候，古城的馆楼上又竖起一面大白旗，渐渐苍白起来的天空也把月亮的光芒夺去了！

还有好笑的是赤卫军们自己把这儿土产的大竹节切成一管一管地里面又装满了硝磺之类，不会伤人的爆发药，在喊声里点着了真好象轰天震地的大炸弹，白军们给他震得心胆俱碎！

经了这一次作战后，军事委员会已议决把勇敢而受了训练的赤卫队们几百个兄弟编成我们第 × 军的正式红军了。我第一个赞成这议案，现在他们不都是很好很好红军么？呀！红军同志兄弟们万岁！！

**六月四日**

　　我领导着的这一组赤卫队一共十一个统统编进我们原本的这一队伍。好快活呀！他们现在是真正的红军同志兄弟了！每一个我都紧紧地拥抱了欢迎他们的加入！队长同志哈哈笑着说："看你能不能和全体新进的兄弟们每人拥抱着三分钟？！……"

　　昨晚上睡去的时候，不晓得谁个压在我的身上，却把我弄醒了！

　　"不能！不能！同志兄弟！……"我叫喊着！一翻身把他滚下到地上去。"记着我们都是红军的同志兄弟，同志！这个时候我女人还应该负着停止生产的责任，你这个不懂事的家伙，而且我简直看不见你是谁！快走罢！把同志的资格遏下你冲动着的念头！……"他没有做声，在黑魆魆里悄悄地溜去了！于是我重新睡下去。

　　真的，现在我简直忘掉了我自己是个女人，我跟同志们一道过着这顶有意义的红军生活已快满一年零五个月了！我是一个人，一个完完全全的顶天立地的×军兵士！别的什么男人、女人这些鸟分别谁耐烦理它！

　　听说在别的部队里女兵们总爱和异性忸揽，以致弄出许多纠纷！这真是可痛恨的一回事！这不妨碍了战斗的进展么？！……女人呀！红的女人呀！我希望你们都暂时把自己是女人这一回事忘掉干净罢！也不要以为别的同志们是什么鸟男人呵！我们只有一个红军,一个要努力进展革命努力的红军同志兄弟!!

我还应该把这意见给一般的女人宣传,她们委实糟极了!如果我有一些闲工夫的话,定要把那些躲在门后的城里鸟妇女们拉出来晒晒太阳,吸些新鲜空气;碰到什么妇女部的干事人员时,第一件是劝告她们不要给男同志眿眼睛!

不要以为我们此刻在城里是可以休息休息,实际上我晚上最多只有四五个钟头的睡眠时间呢!政治工作的人员真是太少了!这开始建树一切,推翻一切的工作我们不分着干,还有谁来帮你呢?

现在整天都变成馅子般给包围在工农、小商人的群众堆中。依着工委会的颁布条例,整理和扩大两个染布坊和几个小工厂。这些都是手工业的作坊,只有一所硝磺工厂的大部分工作是运动用着笨拙的机器。

旧的制度完全推翻了,马上现在的作坊,工厂……都是工人自己所有的东西。

他们一面工作,一面打哈哈,我跑到东跑到西都看见他们合不拢的笑口!谈笑的声音飞腾着充满了空间!然而人不要以为他们会妨碍了什么工作,手和脚在声音底下是飞快地转动着的!

食粮、用品……都使每个劳力的人得到相当的满足,一切他妈的苛捐杂税全都跟着那失去的反动势力同归于尽了,在街上的商店前面老是站满黑压压的买东西的人们。没有房子住的劳苦工人们都分配给早日任它空着生了蛀虫的没收来的房屋,他们都洗了澡,弄得干净的搬进去住了!

我们也分配来一些没收得来的家畜、家禽;肉,我们是吃过好几次了！哈哈！还有每人都发给一套汗衣服，听说有些是这城里的女人们做出来的。难道她们只单会缝衣服这点技能么？

## 六月五日

军事会议决定了我们的行程，下午三点钟我们便要离开这T城了，只余下二小队暂时驻扎在这里。

这次的计划是分成二百人一队出发；十天内在C地集中后围攻G城。我们这一队的路线是向南方进展，越过鹗石山，绕道游击了山麓一带的许多大小村落，然后再赶到C地去。

在G城秘密工作着的有我的赤昵同志。我是怎样的想紧紧地和她拥抱一下呵！我们一道舍弃了学校死的生活，为革命的工作而生活着以来，意志薄弱，认识不坚而中途跑掉的有三个，为伟大的事业牺牲了的有一个，但我和赤昵还活着，活着好进展我们的事业！可爱的赤昵呀！你的小马英快要和你相见了，请看我胸前肩上的×军标记，你一定高兴得合不拢你的小嘴唇啦！

前后不上一个星期，可是这古城已整个的变成距离几多世纪远的城市了！这不是说它的形式，形式上虽然涂刻上新的装缀，可是千多年的老城墙依然是老东西，一切都还照旧！但是，人的脑袋已经换上了新的，社会上的一切制度也都改成新鲜不过的！这是什么呢？就是布尔什维克的伟大的力量！

工人到底是革命的主人，现在，只有几天功夫，作坊、工厂、工场里的工作都可惊喜地跃动，他们已晓得怎样来处理自己的事情了！

无论如何这个人总不适宜于后方工作的,这几天简直给烦烦琐琐的事情,纠纠缠缠的问题搅得人脑子昏起来！好象一匹无羁之马,只要一跑到前线去冲锋陷阵,那我的生命便会活跃起来的,跟兄弟们一起把生命都变成炮弹！

在崇山峻岭,或丛林野草间飘荡着热血般的旗帜前进！呀！仅仅这样的一想起来,血便在心房激动着了！

为什么军号还不响起来呢？……不是已经收拾停当,不是已经吃饱了肚子么？！

也许以后没工夫再写这样的顽意儿了,抛掉这根秃头的墨水笔吧？！

喂！掮起步枪,抓起我们的战器呀！×军的同志兄弟们！！撑起红的旗帜迈开步呀！冲过前面一层层障碍物！！

全世界红色革命成功！！

革命的红军成功万岁！！！